Ingrid Ursula Stockmann
Margit S. Schiwarth-Lochau
Bernd Stockmann

Das vielseitige Schimpfwörterbuch für Nachbarn

Begegnungen und Missetaten zwischen Nachbarn

Illustrationen: Ingrid Ursula Stockmann, Margit S. Schiwarth-Lochau, Marja Makuschewitz

Die Autorin Ingrid Ursula Stockmann dankt für das Mitwirken an
diesem traurig-lustigen Buch
ihren Co-Autoren Margit S. Schiwarth-Lochau, Schwester
und Bernd Stockmann, Sohn und Verleger
sowie
Mutter Anni Margot Skorupa,
Vater Herbert Skorupa,
für ihre Texte
und ihrer Nichte Marja Makuschewitz,
für ihren Beitrag an den Illustrationen.

Ingrid Ursula Stockmann, Margit S. Schiwarth-Lochau, Bernd Stockmann
- **Das vielseitige Schimpfwörterbuch für Nachbarn** -

1. Auflage (xx. Januar 2022)
ISBN 978-3-96692-
©2022
Verlag & Gestaltung:
Stockwärter Verlag, Halle (Saale), Bernd Stockmann
Druck & Herstellung:
BoD - Books on Demand GmbH, Norderstedt

Einführende Worte

Nachbarschaftsstreitigkeiten, wüste Beschimpfungen, schädigendes und selbstschädigendes Verhalten, bis hin zu gefährlichen Streitsituationen, oder solchen, die nie enden wollen und schließlich geradezu eskalieren, wer hat das noch nicht erlebt oder davon gehört?

Da wir und unsere Familie, Bekannten und Freunde genug Eigenes erlebt haben, benötigen wir auch keine anderen Quellen. Unsere persönlichen Erfahrungen lassen wir in ansonsten ausgedachte Geschichten und Begebenheiten einfließen.

Auf kriminelle Situationen gehen wir hier nicht ein, da würde nämlich jeder Humor enden. Auch beschlossen wir keinen Ratgeber zu schreiben. Ähnlichkeiten mit wahren Begebenheiten sind Zufall. In dem Ausgedachten liegt genug Wahrheitsgehalt.

Diesem oft aufwühlenden und ernsten Thema kann der Mensch mit Humor begegnen, um es zu entschärfen. Das somit sogar erheiternde Streitthema kann uns überall begegnen, nicht nur im eigenen oder Miethaus, auf Campingplätzen, in Hotels oder Gartenanlagen, sondern auch unterwegs auf Reisen. Selbst bei Ausflügen lernt man noch vieles hinzu, liest man beispielsweise die Sprüche an Fachwerkhäusern, wie „Neid kennt nur das Blumenbeet aber nicht den Spaten".

Was ist für gelungene Nachbarschaften eigentlich wichtig? Leben und leben lassen, gelten und gelten lassen, bei Bedürfniskonflikten und Kränkungssituationen die konstruktive Auseinandersetzung im Gespräch suchen, was man auch Ratgebern hilfreich entnehmen kann. Aber wenn es der „böse Nachbar" nicht will oder man über Kränkungen trotzdem nicht hinwegkommt?

Oftmals bilden Kränkung und Gegenkränkung einen nicht enden wollenden Teufelskreis, mit dem sich dann Opferberatungsstellen, Anwälte, Gerichte, Mediatoren und andere befassen müssen. Streitigkeiten unter Nachbarn entzünden sich vielfach an scheinbar „lächerlichen Banalitäten", die man als Vehikel für kränkende Beziehungskonflikte ansehen kann. Also im wahren Leben hinter die Kulissen gucken.

Ein durch die Medien gegangener „Nachbarschaftskrieg" (Machtkampf) entzündete sich beispielsweise an dem Knallerbsenstrauch des einen und dem Maschendrahtzaun des anderen Grundstücksnachbarn. Ist das nicht furchtbar oder durch die Situationskomik auch unterhaltsam? Braucht der Mensch manchmal ein Feindbild?

Jeder ist kränkbar, denn das gehört zum Menschsein dazu. Warum fällt es aber oftmals so schwer mit Kränkungen angemessen umzugehen, außer, wenn der uns Kränkende uns nichts bedeutet, wir auf seine Meinung überhaupt keinen Wert legen und nicht von ihm abhängig sind?

Aber Kränkungen können sehr tief gehen und wollen uns gar nicht mehr loslassen. Dann wird es höchste Zeit nachzudenken. Da hört sicher jeder Humor und Galgenhumor auf. Nunmehr handelt es sich sehr ernsthaft um das Selbstwertgefühl stark beschädigende Kränkungen, weil dadurch wunde Punkte aus der Lebensgeschichte getroffen werden.

Sowohl der Gekränkte als auch der Kränkende können solche schlummernden Wunden in sich tragen, wie es in der Geschichte in unserem Buch über Frau Guter und Frau Rath angedeutet wird. Alte Verletzungen und Kränkungen wirken dann wie niemals vernarbte, sondern lediglich durch Schorf verkrustete Wunden, die wieder anfangen zu bluten, sobald man daran tippt. Oder: Aktuelle Kränkungserlebnisse reaktivieren die im Unterbewusstsein rumorenden alten Kränkungen, die die ganze Zeit wie Korken unter Wasser gedrückt werden mussten. Wenn die Kraft dazu schwindet, drängen diese an die Oberfläche. Die Heftigkeit, Tiefe und Dauer der Reaktion zeigen dies an. Entsprechend heftig können die Gegenschläge bzw. Gegenkränkungen sein.

Anders ausgedrückt: Die aktuelle und die angesammelte alte Wut aus der Lebensgeschichte oder sogar den Lebensgeschichten beider Streitparteien wirken also gleichzeitig, wodurch sich die Reaktionen potenzieren. So können auch relativ kleine Anlässe sehr starke Reaktionen erzeugen, das Verhalten dann heftiger als nötig werden. Es platzt einem der Kragen. Man benimmt sich bei unverständlichen Anlässen in den Augen der anderen daneben, bekloppt oder „hysterisch". Ist das nun zum Weinen oder zum Lachen?

Der Kränkende wird oftmals gar nicht angemessen wahrgenommen, er wirkt praktisch als Repräsentant für alle anderen uns einst verletzenden Menschen. Man könnte auch sagen, er wird verzerrt oder gar paranoid erlebt, kann zur Projektionsfläche werden, selbst wenn die durch ihn erzeugte Kränkung nicht in seiner Absicht lag.

Ein bekanntes Literaturbeispiel für eine solchermaßen veränderte Wahrnehmung ist die Geschichte des Mannes mit dem Hammer von dem Verhaltens- und Kommunikations-forscher sowie Psychotherapeuten Watzlawick[1] aus seiner „Anleitung zum Unglücklichsein". Zum Ausleihen des fehlenden Werkzeugs kam es gar nicht, und somit konnte er auch sein Bild

---

[1] Paul Watzlawick war ein österreichischer Philosoph, Psychotherapeut und Kommunikationswissenschaftler.

nicht aufhängen. Weshalb? Der misstrauische Mann hatte bereits längere Zeit auf vorangegangene, für ihn nonverbale Signale von Ablehnung, im Inneren mit Kränkungswut reagiert. Deshalb startete er gleich nach dem Klingeln an der Wohnungstür seines Nachbarn eine „Gegenkränkung" und beschimpfte ihn, seinen Hammer doch für sich selbst zu behalten, ohne ihn überhaupt um diesen gebeten zu haben. So entstehen beispielsweise die „sich selbst erfüllenden Prophezeiungen".

Auch eine verzerrte Wahrnehmung mit Vorurteilsbildung kann also zu wüsten Beschimpfungen und Anschuldigungen, bis hin zu Handgreiflichkeiten führen. Man sieht in dem Nachbarn den Teufel, den Verbrecher, den Aussätzigen oder den verhassten Fremden. So verhielt sich in dem Gedicht von Anni Margot Skorupa, unserer Mutter, die Nachbarin Korbelius, welche die junge Familie eines Flüchtlings aus Oberschlesien aufnehmen musste, die auch noch einen polnischen Namen trug, obgleich sie deutsche Wurzeln hatte. In meiner Geschichte „Die Nachbarn aus dem Dorf" waren die hinzugezogenen Städter die „feindlichen" Eindringlinge.

Aber es gibt nicht nur den überwiegend aggressiven „Reaktionstypen", der seine Wut nach außen richtet, eher selten klein beigibt und andere verletzt. (Seine Wut kann „mörderisch" sein, wie es beispielsweise die junge Mutter in dem o. g. Gedicht in Bezug auf die Nachbarin Korbelius empfand.)

Andere wiederum neigen eher zum depressiven „Kränkungstyp", der mit Selbstvorwürfen reagiert, sich schämt oder minderwertig fühlt. Seine Aggressionen richtet er eher gegen sich selbst. Oder diese werden „hinuntergeschluckt", bis das Fass zum Überlaufen kommt, worauf der „böse Nachbar" es vielleicht sogar anlegte und schon darauf wartete, wie eben bei der bösen Frau Korbelius.

Bei beiden „Reaktionstypen" lauern schlimme Gefahren. Kränkung und Gegenkränkung kann, wie bereits erwähnt, zum Teufelskreis mit nicht enden wollenden oder eskalierenden Machtkämpfen werden. Kränkungssituationen können wie ein Schwert wirken, das der Mensch plötzlich gegen sich selbst richtet, was im schlimmsten Fall sogar eine Suizidgefährdung erzeugt. Kränkung macht krank.

Die Psychotherapeutin Wardetzki[2] bietet in ihrem Ratgeber „Nimm's bitte nicht persönlich" einen Test zur Selbsteinstufung des eigenen Kränkungstyps an.

Es gibt Kränkungssituationen, die sehr stark und einer Schrecksituation ähnlich sind. Es kann praktisch jeder so reagieren, dass er wie gelähmt erstarrt, den Atem anhält, sich verkrampft und nicht mehr dazu in der Lage ist (vernünftig) zu denken.

Ständige Enttäuschungen bilden oftmals den Boden für chronisches Gekränktsein. Wer befürchtet, abgewertet zu werden, tendiert unter Umständen dazu auch andere abzuwerten. Bereits Kritik kann schon als Ablehnung erlebt werden. Man schluckt oder unterstellt Böswilligkeit. Selbstanteile (durch starke Verwundbarkeit) können so reagierende Menschen nicht hinterfragen. Ein in dieser Art Gekränkter verhindert (in der Wirkung) konstruktive Auseinandersetzungen. Er leidet und macht anderen womöglich das Leben schwer. Von solch einem Nachbarn z. B. möchte man wegziehen oder dass er den

---

2 Bärbel Wardetzki ist eine deutsche Psychotherapeutin. Ausgebildet in Psychologie und Gestalttherapie, ist sie außerdem als Supervisorin, Coach, Referentin und Autorin von Sachbüchern tätig.

Mietvertrag gekündigt bekommt. Jedenfalls würden Opferhaltung und Wunsch nach Rache selbstzerstörerisch wirken. Linden beschreibt dies in seiner Veröffentlichung 2003 als eine Posttraumatische Verbitterungsstörung (PTED), was man auch bei Wardetzki nachlesen kann. Beispielsweise wird darüber berichtet, dass Flüche und Drohungen an den Wänden der Grabkammern in den ägyptischen Pyramiden den Pharaonen Schutz bieten sollten. Flüche als Schutz bzw. Selbstschutz kann man sich auch tausende Jahre später, allerdings in ganz anderen Kontexten, bei fluchenden bzw. schimpfenden Nachbarn (und Autofahrern) vorstellen. So lange es die Menschheit gibt, wird auch geflucht werden.

Wie gesagt, einen Ratgeber wollten wir nicht schreiben, jedoch kann Humor auch ein guter Ratgeber sein. So manch eine festgefahrene Kränkungssituation lockert sich etwas, wenn man sich selbst und andere auf die Schippe zu nehmen in der Lage ist. Im Humor liegen Selbstheilungskräfte.

Und wie ist es mit Selbstheilungspotenzial mittels Fluchen oder Schimpfen? Wer kennt schon das Gebiet der Maledictologie, der Erforschung von Schimpfwörtern als ein Zweig der Psycholinguistik, Soziolinguistik und Psychologie? Dieses wurde 1973 durch Reinhold Aman gegründet und geprägt (http://de.wikipedia.org/wiki/Malediktologie). Vor sich hin zu schimpfen kann entlasten. Mit Schimpfen kann man sich ebenso wie mit Lachen vieler Spannungen durch angestaute Gefühle entledigen. Aber keiner sollte sich selbst „verfluchen", weil er beispielsweise so dumm war, sich „das" von seinem Nachbarn gefallen gelassen zu haben. Auch Selbstkränkung macht krank.

Fluchen soll mitunter gar nicht in erster Linie beleidigen, sondern auf schlechtes Benehmen oder Missstände aufmerksam machen. Jedenfalls scheint es manchen Autofahrern so zu gehen, wie man in unserem Buch „Das kleine Schimpfwörterbuch für Autofahrer"[3] nachlesen bzw. zwischen den Zeilen lesen kann. (Der Autofahrer fährt nach dem Fluchen vielleicht wieder entspannter.)

Auch wir sind der Meinung, dass Fluchen oder Schimpfen nicht einfach nur unanständig, vulgär oder unbeherrscht ist, sondern ebenso diese nützlichen Aspekte hat. Man könnte sich z. B. seinen kränkenden Nachbarn nackt auf dem Klo sitzend vorstellen, um die Situation auf diese Weise zu entschärfen, was schon mal jemandem geholfen haben soll.

Aber meist ist es besser, mit Kränkungserlebnissen nicht allein zu bleiben, sondern Menschen aufzusuchen, die einen annehmen und verstehen, egal ob es sich um nicht professionelle oder professionelle Hilfen handelt.

Wenn Kränkung krank macht, reichen Bücher nicht aus, denn nur „vom Lesen einer Speisekarte wird man auch nicht satt". Hier wäre psychotherapeutische Hilfe angezeigt.

Manchmal sollte man als erstes auch rechtzeitig daran denken, Menschen, die gezielt und andauernd kränken, aus dem Weg zu gehen.

In die hier zusammengestellten Beispiele von Beschimpfungen und Missetaten ist der außenstehende Leser oder die Leserin nicht selbst verwickelt, weshalb ruhig gelacht werden kann.

Dr. med. Ingrid Ursula Stockmann

---

[3] Das kleine Schimpfwörterbuch für Autofahrer - mit 111 wüsten Beschimpfungen und allerlei beruhigendem Beiwerk, Ingrid Ursula Stockmann, Margit S. Schiwarth-Lochau, Stockwärter Verlag, 2021.

Erster Teil:

Das große Schimpfwörterbuch für Nachbarn

Das große Nachbarschafts-Schimpfwörterbuch

70er Jahre-Nachbar, du: (i)
Bist jetzt ein alter Uhu,
zu viele Weiber hattest du,
„Cannabispflanzen" tat'st du gießen,
nur deshalb deine Macken sprießen.
Solch ein „Bein", das bleibt allein!

80er-Jahre-Spitzel-Nachbar: (i)
Der Nachbar bei der Stasi war,
im wilden „Osten", ist ja klar.
Hat er diese Macken noch,
hau' ich ihm auf seinen Kopp.

Aas: (m)
Ziemlich alt,
fast verfault,
im Hirn verkalkt,
sie jeden vergrault.

Aahst, verfluchtes: (m)
Wer so gescholten wird,
ob Mieter oder Hauswirt,
der sollte sich was schämen
und sich besser benehmen.

Alte Hebbe: (m, i)
Sie ist 'ne blöde Ziege,
'ne alter Jungfer noch dazu,
wälzt sich auf ihrer Liege
und keiner legt sich dazu.

Alki: (m)
Zurückgezogener Mann,
triffst ihn dann und wann,
eckt niemals an,
solange er saufen kann.

(Mai)

Anscheißer: (i)

Angeschissen hab'n se mich,
heimlich bei der GEZ!
Ich hätt' keene Gebühr entrichtet,
Sie sind nicht ganz dicht!

Anschwärzer: (i)

Macht er alle Abtreter schwarz,
tüncht die Briefkästen dunkel,
schwärzt gar unliebsame Briefe -
oder tut beim Amt schlecht munkeln?

Armutsgrenze, geistige: (i)

Können Sie 'n Plan nicht lesen,
an der Hausordnung sind se dran gewesen,
die mit geist'gen Armutsgrenzen
tun ja ooch de Arbeit schwänzen!

Arschficke: (m, i)

Da tust'e Schlimmes denken,
Gedanken in die Irre lenken.
Denkst'e der Ausdruck ist gemein?
Eine Gesäßtasche ist doch fein!

Balg/Bälger: (m)

Das Balg, die Bälger sowieso
treiben sich rum, irgendwo.
Haben nur Blödsinn im Kopf,
mancher ist 'n armer Tropf.

Bananenfresser: (m, i)
E' Sachse zog ins Bayernland,
man dünkte sich dort besser.
Der Ossi wurde gleich erkannt,
gescholten als Bananenfresser.

Bauerntrampel: (m)
Die ist fett, tramplig, grau,
ist keine feine Frau.
Steckt ihre Nase in alles rein,
wie'n dummes Bauernschwein.

Bekloppter: (i)
Tust du wieder Teppich klopfen,
schieße ich auf dich 'nen Pfropfen!
Hast mir meine Serie versaut,
meine Glotze steht auf laut.

Bekloppter, böser: (i)
Überspringt alle Stufen auf einmal,
drückt alle Klingelknöpfe zweimal,
springt durchs Haus mit Getöse,
Bekloppte sind einfach böse.

Bettelstudent: (i)
Ohne reichen Vater kann er
keine Miete zahlen mehr,
jobbt und trägt Pakete aus,
schmeißt die Zeitungen vors Haus.

Biest: (m)

Muss die Balkonblumen gießen,
wenn wir's Frühstück genießen?
Macht unsre Klamotten nass,
die stecken wir ins Wasserfass!

Bildungsamöbe I: (i)
Ein Bildungswechseltierchen ist er,
im Smartphone sucht er hin und her,
sein Biomüll im Restmüll ist,
er keine grauen Zell'n besitzt.

Bildungsamöbe II: (i)
Wirft in Restmüll Kartoffelschalen,
wird nicht verschont von Nachbars Qualen,
der schmeißt die Schalen vor die Tür,
mit 'nem Zettel: Stinktier! Merk's dir.

Bimbam, heiliger: (i)
Will der etwa Krieg?
Ach, du heiliger Bimbam!
Fesselt ihn mit Zwirn-Garn,
denn er hat 'nen Piep.

Biomülleimer, du: (i)
Guckt in schwarze Tonnen rein,
„Bio" darf nicht drinnen sein:
Hundekacke, Schimmelbrot!
Wirft's ihm in die Post und droht.

Bläke: (m)
Zieh deine blöde Bläke rein,
's trieft herab der Schleim!
So'n sinnloses Aufputschen,
kannst mir den Buckel runterrutschen!

Blindschleiche: (i)

Dreh ich dir die Birne raus,
verläufst du dich im Treppenhaus,
kannst de keene Stufen seh'n,
und och nich' mehr schleichen geh'n.

Bock, schnöder: (i)

Den Nachbarn schimpft man schnöden Bock,
der mir versetzte 'nen blöden Schock.
Durch graue Haare vorm grauen Sockel
übersah ich diesen sauren Gockel.

Brillenschlange: (i)

Aufm Balkon beim Blumengießen,
tut de Schlange immer niesen,
kipp' ich Wasser auf de Brille,
ist das Aas erst stille.

Brustgrapscher: (i)

Was stierst de uff mein Dekolletee?
Wenn 'ch deine Stielaugen seh'!
Willst'e an meine Brüste grapschen,
werd 'ch in deine Fresse klatschen!

Brustgucker: (i)

Was glotzt du in' Ausschnitt mir?
Nimm dir doch 'ne Puppe,
friss Würstchen und trink Bier,
dir spuck' ich in die Suppe!

Bullenbeißer: (m)

Guckst ja so finster,
erschreckst selbst Gespenster,
du gereizter Bulle,
schluckst zu viel aus der Pulle.

Chorknabe: (m)

Schmalhans im Anzug
und dieses Gehabe!
Gehörst in 'nen Mädchenchor,
du unreifer Knabe!

Clown Dolly: (i)

Wisst ihr's schon,
Clown Dolly ist der'n Sohn,
kaspert im Hausflur rum,
nehm' de Faust und bum!

Clownfratze: (i)

Wenn ich nach dir tatze,
dein Gesicht zerkratze,
wirst du puterrot;
noch mal, bist du tot!

Dämlack: (m)

Wer anderen eine Grube gräbt
oder am eignen Aste sägt,
merkt bei passender Gelegenheit,
's versaut die eig'ne Lebenszeit.

Doffel: (m)

Großer, schwerer Mann,
frisst für vier.
Wo steht das Klavier,
das er stemmen kann?

Dreckfresse: (i)

Ich seh', was se heut jefressen hab'n,
zwee verschied'ne Marmeladen,
eene rot in Ihrer Fresse,
eene grün uff Ihrem Dresse.

Dreckschlampe: (m)

Die ist schlampig, verfressen
und außerdem dreckig,
Haare zottelig und fettig,
hat Dreck am Stecken.

Dreckschwein I: (i)

Hast Scheiße am Hacken,
anstelle von viel Geld,
hast des Grunztiers Macken,
bist's dreckigste Schwein der Welt.

Dreckschwein II: (i)

Kühlschrank wie ein Voll-Komposter,
Wäschekörbe riechen stark,
bei dem alten Schnapsverkoster.
Zieh doch aus: Tausend Mark!

Driggebercher (Drückeberger): (m, i)
Fritze ist mit Hausordnung dran,
drückt sich davor wie mancher Mann.
Er hat 'ne fleißige Schwester,
nämlich vom älteren Semester.

Drückeberger I: (i)
Drückt aufm Klo 'nen Berg,
so'n richt'gen Haufen Kacke,
ist 'n geistiger Zwerg,
kriegt eins auf die Klappe!

Drückeberger II: (i)
Drückeberger Ärger kriegt,
weil er nur im Bette liegt,
Stöpsel in den Ohren hat,
mobbt man ihn, so macht er schlapp.

Drückewicht: (i)
Machst Urlaub nur, Drückewicht -
kennst die Mieterpflichten nicht.
Du schreibst Karten noch an uns;
von der Arbeit keinen Dunst.

Dummschwätzer: (i)
E' Schlauberger woll'n se sein,
gleich hau' ich Ihn' de Fresse ein!
Über Dummschwätzer muss ich lachen,
Könn' Fischgräten[4] in de Straße machen!

---

[4] Straße kehren.

Ehefraubeherrschertyp: (i)

Der Mann ist's Haupt im Haus,
der nutzt die Frau nur aus,
drum hört man ihn oft schrei'n -
wie lächerlich und klein.

Ehemannbeherrscherin: (i)

Wieder mal hat er gelogen,
drum wird die Liebe ihm entzogen.
Da kann er betteln und auch schrei'n,
ins Bett, lässt sie ihn nicht mehr rein.

Eierkopp: (m)

Seht den feinen Pinkel,
seine Wesensart ist simpel,
den kahlen Eierkopp erhoben,
von wegen hochwohlgeboren.

Einbrecher-Typ: (i)

Hat 'ne Nase wie ein Haken,
sieht gar wie ein Dietrich[5] aus,
solche brechen ein ins Haus,
schlagt ihm eine in den Magen!

---

[5] Schlüssel für Einbrecher.

Ekelpaket: (i)

Sie war'n das mit'm Ekelpaket,
hab 'n Scheiße in Papier versteckt,
angezündet, geklingelt und weg!
Ich trample rin in' Dreck!

Erbschleicher: (i)

Sie lügen und betrügen doch,
wenn ich auf die Leute horch',
da hab'n se auch ungelogen,
ihre Sippschaft ums Erbe betrogen.

Esel, sturer: (m)

Stur und störrisch wie'n Esel,
macht zu viel Gewese,
ist ein Prinzipienreiter,
stürzt bald von der hohen Leiter.

Eulengesicht: (m, i)

Hausversammlung, jeder spricht,
nur Hermine regt sich nicht.
Welch ein starrer Eulenblick,
typisch für Pupillenknick.

Fejer (Feger): (m)

Doll rausgeputzt ist's Püppchen,
köchelt zugleich mehrere Süppchen,
im Hause weiß es jeder,
's Mädchen ist 'e flotter Fejer.

(Ma)

Feuertüte, mdal. Feierdiete oder Feijerdide: (m)

Zu nichts zu gebrauchen,
verdrückt sich zum Rauchen.
Schickste ihn zum Einkaufen,
findet er 'ne Kneip' zum Saufen.

Fettwanst: (m)

Früher war er mal Bäcker
und zwar ein ganz netter.
Heute prunkt er mit seinem Wanst,
dem du nicht ausweichen kannst.

Frischluft-Fanatiker: (i)
Ständig ist ihr Fenster offen,
drum man riecht es, was sie kochen
und man hört sie immer stöhnen,
wenn sie sich zu zweit verwöhnen.

Fummler: (m)
Hat viele Ideen,
gut und schön,
bringt nichts zu Ende,
hat zwei linke Hände.

Fünfziger, falscher: (m)
Schummeln und Zocken
ist seine Welt.
Hat Löcher in'n Socken,
in'n Taschen kein Geld.

Furzer: (i)
Furzer verdien 'ne Stinkbombe,
direkt vor de Wohnungstüre,
stinken wie „verfaulte Plombe"
un' jeplatzte Magenjeschwüre.

Gans, alberne: (m)
Sie war ein dummes Gänschen,
als sie turtelte mit Hänschen.
Der ist heut ein grober Hans
und sie 'ne alberne Gans.

Gartenzwerg(e)-Muffel: (i)
Gartenzwerg(e)muffel
sind ganz schöne Dussel.
schuften nur im Garten,
schlagen auf die Zwerge,
dafür andre sparten.

Gefahrenabwehrfreak: (i)
Wehrt stets ab Gefahr,
die im Anzug war -
oder noch sein könnte.
Mist, er ist in Rente.

Giftzahn: (m)
Setze dir de Zähne rein,
wenn de mit mir red'st!
Elsa ist ja so gemein,
der Gescholtenen vergeht's.

Gockel, stolzer: (m)
Neuer Nachbar, ach,
Witwe fast das Herze brach.
Stieß ihn bald vom Sockel,
den stolzen Gockel.

Göre/Gören: (m)
Sind die Kinder vom Nachbarn,
die immer stören,
die nimmer auf Erwachs'ne hören,
sind arm dran.

Grapscher: (i)

Es könnte sich um Herrn Müller handeln,
grapscht nach'm Mond beim Schlafwandeln,
oder um Herrn Schulze, der Brüste betatscht,
oder Herrn Meier, der begrapscht die Eier.

Grenzverletzer, du: (i)

Die Grundstücksgrenze wurde verletzt,
Herr Nachbar, deshalb schlag' ich jetzt
die Harke über deinen Schädel,
dann wirst du winseln wie ein Mädel.

Grillabend-Störer: (i)

Das Grillen nur am Abend
erfrischend und gar labend,
falls daran teilhabend,
sonst: störend und empörend.

Grobian: (m)

Groß, grob, grässlich,
Heuchler, herzlos, hässlich,
unverschämt, unfreundlich, unhöflich,
der Mann ist unmöglich.

Großschnauze: (m)

Der redet zu viel,
wenn der Abend lang ist,
bloß sagen tut er nix,
Wichtigtuer kommt nie zum Ziel.

Grundstücks-Grenzverletzer: (i)

Meine Grundstücksgrenze!
Blindfisch, nichts erkennst'e,
ich schlag' dich an die Stirne,
bis Blut tropft aus der Birne.

Halbkreisingenieur: (i)

Ach, se sind 'e Ingenieur?
Da weiß ich ja noch mehr!!
Halbkreisingenieur könn'se machen,
da würd' ich über Sie lachen!

Hallodri: (m)

Was kümmert ihn,
das Elend der andern?
Will lieber auswandern,
vielleicht nach Wien.

Handfeger, wildgewordener: (i)

Dieser Handfeger is' wohl Ihr Kopp,
wie 'e wild gewordener Mopp,
ich sag's Ihn' immer wieder,
streichen se sich übers Gefieder!

(Ma)

Hausgemeinschaftsmuffel: (i)

Hausgemein(e)schaft im großen Ganzen -
lässt sich nicht aufm Kopf rumtanzen,
du verstockter Untermieter,
dich mobbt man deshalb immer wieder.

Hausgespenster, dreckige: (i)

Verdreckte Schuh' mit Wappen-Laschen,
sich kratzen, statt mit'm Lappen waschen,
muss pausenlos am Fenster gaffen,
dann kann i' de Gespenster fassen.

Hausnarr: (i)

Der Hausnarr ist zum Hofnarr avanciert.
Was hat zu dieser Ehrung nur geführt?
Man hat ihn einfach rausgeschmissen,
er musste sich ganz schnell verpissen.

Hausordnungshüter: (i)

Sie Treppenhausdetektiv mit Brief,
mit Meisterbrief, Sie gucken schief!
Sie woll'n nur wissen, wer mit mir schlief,
's war nicht der Kater, der hier grad lief.

Hausrandalierer: (i)

Einen Witzbold kann man leiden,
Randalierer muss man meiden,
kein Kraut gewachsen gegen ihn?
Wenn er bleibt, hilft wegzuzieh'n.

Haustürschlüssel-Loser: (i)

Wer klingelt so spät bei Nacht und Wind?
Der Nachbar, der keine Schlüssel find't.
Das Mistvieh kein Erbarmen kennt,
dem ist's egal, wenn einer pennt.

Hausunfallschutzengel: (i)

Der Alte klettert auf den Stuhl,
(seine Leiter hat der Bengel,)
rutscht nicht ab, bleibt ganz cool;
das verdankt er 'm Haus-Schutzengel.

Heckensteher I: (i)

Früher gab es Eckensteher,
was sind denn die Heckensteher?
Sind das Spanner im Gebüsch?
Oder laberst du bloß Mist?

Heckensteher II: (i)

Kater im Gebüsch drin stecken:
Wollen in der Hecke hecken.
Schnappen sich die Mieze-Katz',
deshalb dieser Höllenkrach!

Herrschertyp, überheblicher: (i)

Ja, Herr Oberblödkopfmann,
klar, Herr Oberkopfmann Blöd,
herrschen willst'e, wo's nur geht
und zeigst jeden einfach an.

Hundekackebesitzer I: (i)

Hundekacke auf dem Beete,
weg damit, sonst ich gleich trete!
Hundekacke auf den Kissen
wird der Mann entfernen müssen.

Hundekackebesitzer II: (i)

Hundekacke vor der Tür,
mach die weg, das rat' ich dir,
sonst vergifte ich dein Tier,
doch das Tier kann nichts dafür!

Hure, taube: (i)

Du Hure ohne Hörgerät,
eens einsetzen wär' eh zu spät,
weil de so ooch nichts verstehst,
da de ohne Gehirne red'st.

Hurenbock: (m)

Bei Nachbars is' was los,
was schreit sie bloß?
Ihr Oller hat's Geld verzockt
und noch Fieseres verbockt.

Idiot: (i)

Du gehörst in die Gummizelle,
de Männer mit'er Zwangsjacke sin' schnelle,
ich kenn de Nummer, du Idiot,
in der Klapse gibt's dei' Abendbrot!

Igel, stachliger: (i)

Nachbar igelt gern sich ein,
wird wohl 'n Stacheligel sein!
Klingle nicht an seiner Pforte,
Stachel kommen dann - statt Worte.

Intrigantin: (m)

Ach liebe Frau Meiern,
kommen Sie doch herein.
Im Vertrauen kann ich 's sagen,
was alle über Schulzes klagen.

Irrsinnige: (m)
Habt ihr das auch gehört,
euch über die Neuen empört?
Quieken, grunzen wie die Schwein',
müssen wohl irrsinnig sein.

Ja-Sager: (i)
Der 'n Mann ist 'e Versager,
frisst zu viel, is' trotzdem mager,
'ne eig'ne Meinung hat'e nicht,
dem polier' ich sein Gesicht.

Jammerlappen I: (m)
Der weiß nicht,
was er will,
jammert, leidet viel,
hat ein Arschgesicht.

Jammerlappen II: (i)
Kommt immer wieder viel zu spät -
hat Angst vor Spuk und jeder Fliege,
um Mitleid es wahrscheinlich geht,
ob Trost gar fehlte in der Wiege?

Jammerlappen-Versteher: (i)
Kann doch nur'n Psychiater sein,
guckt in jede Seele rein,
bleibe der mir bloß vom Hals,
Jammerlappen braucht den Schmalz.

Jungfer, alte: (m)
Es sollte einst fein
ein richtiger Traumprinz sein,
mit Geld und guten Sitten,
keiner hat sie je geritten.

Jungpionier: (i)
Das Jüngelchen will mich haben,
traut sich nicht mal „Piep" zu sagen,
trägt 'e Käppi, wie'n Pionier,
sagt schüchtern „Sie" zu mir.

Kack-Pack: (i)
Gemeint ist der Kunde Hacke,
tritt in die Hunde-Kacke,
man sollte solch' Pack sacken
und schnell in' Sack packen!

Katzenhasser I: (b)
Sieht er eine Katze
auf der Straße,
passt er genau auf,
steuert sein Auto sicher
und hält zielgenau drauf.

Katzenhasser II: (i)
Macht die Tore zu, sofort.
Katzen pissen sonst vor Ort!
Ach, wie ist der Alte dumm,
kommen wir doch anders rum.

Kellerassel: (m)
Kriecht im Keller rum,
schaut was es zu holen gibt.
Kommt jedermann dumm,
der ihn dort erblickt.

Kellerassel, gespenstische: (i)
Er hat eene an der Assel
oder heißt das heute Waffel?
Im Keller dreht er Sicherungen raus,
sieht wie'n Hausgespenst aus.

Kippen-Ede: (i)
Kippen tust du rochen,
große Pupillen von de Droochen,
wer de Kippen rocht mit fremder Spucke,
der frisst ooch Popelsuppe!

Klatschbase: (m)
Auge am Spion,
Draußen regt sich was,
plattgedrückt die Nas',
Neuigkeiten? Kennt sie schon!

Klauschwein: (i)
Meine Schuhe nehm ich rein,
de Nachbarin ist 'e Klauschwein.
Ich kann's ja nicht beweisen,
aber vor ihre Türe scheißen!

Klimperjule: (i)

Sie brauch'n ja nicht mit de Wimpern klimpern,
wenn ich mit „Sie" rede,
wenn se uffm Klavier rumklimpern,
ist es bald zu späte!

Knagger, ahler, mdal. für alter Knacker: (m)

Die Haustür wird zugeschlossen,
sobald es dunkel ist!
Der ahle Kerl ist fest entschlossen,
zu meckern bis du folgsam bist.

Knillich, blöder, mdal. für blöder Knilch: (m)

Hat's in der Birne,
benimmt sich daneben,
bietest ihm de Stirne,
kannst de was erleben.

Krawallbalg: (b)

Ein Balg, der liefert Luft
für viele Instrumente:
Dudelsack, Akkordeon,
Leierkasten, Harmonium
machen Krach ohne Ende.

Krawallbrüder: (b)

Laut singen schwankend
die Brüder im Geiste.
Der Geist aus der Flasche
sie wohl zusammenschweißte.

Krawallos: (i)

Partys mit und ohne Sinn,
kommen 100 Leute hin,
freuen sich des schönen Lebens.
Decke-Klopfen ist vergebens!

Krawallschwestern: (b)
Sie keifen, beißen,
kratzen und schlagen.
Dazwischen zu gehen,
wird kaum einer wagen.

Kuh, blöde, - - • - (nach Morse[6]): (i)
Ich würd's e'mal versuchen,
hab frischen Pflaumenkuchen,
für de Kuh ihr'n Briefkasten,
matschig wie 'e Kuhflatschen.

Lackaffe: (m)
Solarienbräune – wunderbar,
Pomade im schwarzen Haar,
Muskelshirt und enge Hosen,
will die Weiber stoßen.

Lahmarsch: (m)
Dem kannst 'e beim Watscheln
bequem die Latschen wechseln,
aufreizend lahm dieser Mann!
Ist der Model bei „Eichmann"?

Leuchte, unterbelichtete: (i)
Bist unter jeder Norm belichtet!
Wer dir die „Leuchte" zugesteht,
ist offenbar dazu verpflichtet,
dass er zum Augendoktor geht.

---

[6] Samuel F. B. Morse schuf die Voraussetzungen für die elektrische Telegrafie.

Luder: (m)
Blond aufgehübscht,
Lippen aufgespritzt,
Busen auch nicht echt,
Luder braucht 'n tollen Hecht.

(Ma)

44

Lullen[7]-Dreher: (i)

Drehst täglich deine Lullen,
bei mir heißt Lullen pissen,
auch schnullen, musst du wissen,
dir hat man ins Gehirn gesch(m)issen.

Lumich: (m)

Keinen Penny in der Tasche,
Schnurren ist so seine Masche,
Gesicht mit Säufergurke,
ist ein hinterhältiger Schurke.

Machtkampfbulle: (i)

Hängt Niederlage oder Sieg
ab von seinem Reifegrad -
oder ob er 'n Dienstgrad hat?
Der Kämpfer will nur Macht und Krieg.

Matzbemme: (m)

Die Grobe is' dumm wie Brot,
dazu 'e tücht'ges Luder.
Erscheint die, seh' ich rot,
rette mich in meine Bude.

Mehlmus, mdal. auch Mährliese: (m)

Lahme Liese, liederlich,
ihre Arbeit schafft sie nicht.
Kann keinen Käse kaufen,
wird sich im Supermarkt verlaufen.

---

[7] Zigaretten: https://www.bedeutungonline.de/synonyme-zigaretten/.

Miesepeter: (m)
Seht, da steht er,
der missmutige Peter!
Redet alles schlecht,
hat immer recht.

Missgeburt: (i)
Nee, so heißen Sie nicht?
Miss Geburt? So 'n Mist!
Der Glöckner ist gegen Sie schick,
Sie mit ihr 'm „Spass-Ticker-Blick"!

Mobbing-Schlampe: (i)
Sind se wieder ma' so schlampig,
komm mir noch e' ma' so pampig,
tun se weiter an de Wände kloppen,
zeig 'ch se an wegen „Mobben"!

Modderschwein: (m)
Wer hat die Dreckklumpen
ins Haus gebracht?
Hab's mir gedacht,
Modderschweine, diese Lumpen!

Mogel-Schweine: (m)
Keiner, Niemand, Blöde,
sind Skatbrüder fein.
Kommen sich ins Gehege,
keiner lässt das Mogeln sein.

Nachtjacke: (m)

Woll'n se sich auf den verlassen,
werd'n se den später hassen,
da müssen se mächtig aufpassen,
lassen se den bloß nichts anfassen!

Nachttopfschwenker: (i)

Sind für jede Arbeit zu dumm,
schwenken mit'm Nachttopf rum,
kippen die Scheiße aus,
ins gewischte Treppenhaus.

Nachttoppschwenker, schmutziger: (m)

Wird kein großer Denker sein,
stellt sich immer selbst 'n Bein,
muss schmutzigste Arbeit verrichten,
wird niemals drüber berichten.

Nahkampfnachbar: (i)

Geht ganz nah mit Nase ran,
ans Gesicht und spuckt ihm dann,
seine Eiterbatzen dran,
und die Keime wachsen an.

Nahkampftyp „Corona", gebesserter: (i)

Geht ganz nah mit Maske dran,
vors Gesicht. Da spuckt er dann.
Seine Spucke weg nicht kann,
spuckt sich also selber an!

Napfsülze, mdal. auch Nabbsilze: (m)
Schwabbelfleisch wie Pudding,
ihre Bude komisch stinkt,
liegt den halben Tag im Bett,
brät sich dann 'n Sülzkotelett.

Nasenpopler: (i)
Du stinkiger Nasen-Popler,
da sind meine Basen nobler,
spiel'n in der Sand-Kiste,
mit Knigge bekannt, siehst'e!

Nashornschwein: (i)
Du vollgefress'nes Nashornschwein,
bist mir im Aug' e' Dorn.
Du willst mein neuer Nachbar sein?
Pack dich, mach dich davon!

Neidhammel I: (i)

Denkst du, vor dir hab ich Bammel?
Neidisch bist du nur, du Hammel.
Gönnst mir nichts, du Spargel,
nicht mal den Dreck unterm Nagel.

Neidhammel II: (i)

Sein Neid ist gar nicht fein,
drum muss er auch so schrei'n.
Er will das alles haben -
und faul sein, an allen Tagen.

Nerventöter: (i)

Mein' Zahnarzt mein' ich nicht,
Sie nerven mich, Sie Wicht!
Ganztägig betteln Sie,
fall'n vor mir uff de Knie!

Nieselpriem: (m)

Seht ihr diesen Langweiler?
Der vergisst sogar 'n Zweizeiler.
Wichtig tun kann er gut,
der Mickerling mit Hut.

Nobel-Nachbarn-Getue: (i)

Das sind die Nachbarn mit viel Stolz,
die konnten scheffeln sehr viel Holz,
doch hat es nicht zum Haus gereicht,
sind deshalb voller Groll, vielleicht.

Notnagel: (i)

Ich finde Sie nicht schön,
woll'n mit mir ins Kino geh'n?
Mein Freund hat mich grad verlassen,
sonst würd'ch ma nicht mit Ihn' befassen!

Nulpe: (m)

Der Mann ist das Haupt,
hatte er das geglaubt?
Tut sich tüchtig überschätzen,
Nachbarn sich d' Zunge wetzen.

Oberidiot: (i)

Ober woll'n Sie sein?
Dass ich nicht lache!
Nie geh' ich in Ihre Kneipe rein,
Sie Oberidiot mit Obermacke!

Oberlatz: (m)

War ein kleiner Fratz früher,
dann der Halbstarken Anführer,
lass ein paar Jährchen vergehen,
kannst ihn als Respektperson sehen.

Oberlehrerimitator, lächerlicher: (i)

Ach, belehren willst du mich,
denkst, du ziehst mich übern Tisch.
Hättest du doch mehr gebracht:
Lehrer werden nicht verlacht,
du Oberlehrerimitator!

Oberschreckschraube: (m)
Macht immer viel Wind,
für alles Schöne blind,
ist missgünstig und verschroben,
ach, lass sie doch toben!

Ohrenkneiper: (m)
Schlimmer als das Krabbeltier,
will er in Ohren kneifen,
Kinder hat er Stücker vier,
die Frau tut ihn ankeifen.

Olle, mdal. für Alte: (i)
Heb die Botten, Olle,
falls du „Meinen" willst.
Deine Kopfhaarwolle,
ist doch nur noch Filz,
du hast Nagelpilz!

Oma: (m)
Oma soll ein Schimpfwort sein?
Oma sein ist doch fein!
Oma ist stolz auf die Enkel,
was soll das Geplänkel?

Opa: (i)
Das ist mein Nachbarsmann,
der keine Ahnung hat, nichts kann,
mein Opa ist nicht so lahm,
„Gott" sich des Nachbarn erbarm!

Pantoffelheld: (m)
Schleicht sich auf Socken
leis' die Treppe rauf,
hat zu viel gesoffen,
sein Weib lauert ihm auf.

Patzlawwe: (i)

Dich hat 'ne Wanze vom Stasischwein
in deine Lawwe jebissen,
oder könnten's ooch Fliegen jewesen sein,
die in de Fresse dir schissen?

Pestbeule, stinkende: (i)

Pestbeulen sind des Stinkers Beulen,
verpesten die Luft zum Heulen,
man hasst sie wie die Pest,
„Aussätzigen" gebe man den Rest!

Petze, mdal. Pedze: (m)
Ausdruck für weibliche Wesen,
sind stets unbeliebt gewesen,
wenn se zur Mama rannten
und de Übeltäter benannten.

Plagegeister: (m)
Plagegeister von der übelsten Sorte,
komm' nach Hause ausm Horte.
Dreh'n dann de Affenmucke laut,
dass einem davor graut.

Plaudertasche: (i)
Geh mir mit der Masche,
alte Plaudertasche.
Hörst nicht auf zu tratschen,
nehme ich den Latschen!

Polizeibeamten-Imitator: (i)
Tut, als wär' er'n Polizist -
macht das bitte nie,
weil er viel zu dusslig ist,
lege man ihn übers Knie.

Postbotenabschrecker: (i)
Ich komme nie mehr an Ihr'n Zaun,
um all die Post für Sie zu bringen.
Ihr blöder Hund will mich verschlingen.
Nun tun Sie ihm doch eine drüberhau'n!

Putzdienstaufseher I: (i)
Zeigefinger übern Staub:
Siehe, da entsteht ein Streifen!
Du hast nicht einmal gewischt,
bist du dusslig oder taub?

Putzdienstaufseher II: (i)
Unterm Sofa 'n Hamsterlein,
Wollmaus könnte auch dort sein,
weil du nur ums Sofa wischst.
Putzen ist die erste Pflicht!

Putzdienstversager I: (i)
Putzdienst hat komplett versagt.
Das Gericht hat schon getagt:
Bring den Täter in den Knast,
wenn du die Beweise hast!

Putzdienstversager II: (i)
Scherben in dem Treppenhaus,
Kacke auf dem Absatz liegt,
sieht nach Hundekacke aus.
Schmeißt den Putzdienst lieber raus!
Geld von uns der niemals kriegt.

Quadderbagge, mdal. Quackler: (m)
Erzählst nur Kacke,
blöde alte Quadderbagge,
gehst mir aufn Geist,
dass du's weißt!

Quärchler, mdal. für Nörgler: (m)

Passt mir nicht, basta,
ihr seid alle dingsda,
das ist eine Warnung,
gleich gibt's Stunk!

Quarzer, alter: (i)

Quarzer erkenn' ich an de gelben Finger
und an den gelben Zähnen,
qualmen stinkende Dinger,
schnell 's Feuerzeug wegnehmen!

Quasselstribbe: (m)

Die redet so viel,
wie der Tag lang ist,
ohne Sinn und Ziel,
ihr Mann ist zur Schicht.

Querulant, blöder: (i)

Dummer, blöder Querulant,
Querkoppdenker auch genannt,
reichst mir grinsend noch die Hand,
bringst uns all' um den Verstand.

Rabenaas: (m)

Der hackt auf allen rum,
ist dabei selber dumm.
Werft ihn den Raben vor
zum Fraße, schallt's im Chor.

Radaubruder: (m)
Auftritt mit Lärm verbunden,
redet laut und unumwunden
über tausend tolle Taten,
Glaubwürdigkeit nicht zu erwarten.

Raffzahn: (i)
Hässliches Vieh mit Zahnarztphobie,
manche sagen immer „Nie"!
Paar Zähne hängen, paar fallen aus,
so bildet sich 's Raffzahngebiss heraus.

Rindvieh: (i)
Rindvieh ja noch nützlich ist,
's stinkt bei dir nach Rindviehmist.
Hast die Spülung wohl verfehlt?
Bist wohl einer, der gern quält!

Rotzbengel: (i)
Schmeißen Sie ruhig ihr Gefieder,
ihr Rotzbengel singt schweinische Lieder,
schrill und übermäßig laut,
im ganzen Treppenhaus.

Rowdy, mdal. Raudi: (i)
Rowdy seine Alte schlägt,
Rowdy seine Möbel zersägt,
mörderische Wut in sich trägt,
holt die Polizei, gleich ist's zu spät!

Runkser: (m)
So einen kennt jeder,
der jagt nach dem Leder,
foult absichtlich, hinterlistig,
Fußball spielen macht süchtig.

Rüpel, mdal. Riebel: (m)
Fressen, furzen, rülpsen reichlich,
das ist ihnen nicht mal peinlich,
wollen 'ne riesige Welle machen,
dass and're drüber lachen.

Sack, alter: (i)
Schleppt säckeweise
Flaschen nach oben
und oben tut er toben,
das ist Scheiße.

Scheißkerl: (i)
Ihr Hund hat da hingeschissen,
Scheißkerle hab'n keen Gewissen,
hab'n nie ne Tüte dabei,
das interessiert de Polizei!

Scheißkerl, dummer: (i)
Ein Scheißkerl ist ein Mann
aus Kot, man sich denken kann,
der kommt mir nicht einfach davon,
dem kipp' ich Pisse vom Balkon.

Schielepüppchen, mdal. Schielewippchen: (i)
Schielt dauernd über Kreuz,
sucht sein dummes Kuscheltier,
vor die Wände läuft's,
schimpft, du dummes Dusseltier.

Schleimer: (i)
Dem hab' ich Dreck
unterm Abtreter versteckt,
weil er immer so hustet,
sin' de Pfoten schleimverkrustet.

Schmeißfliege, mdal. Schmeesflieje: (m)
Wie die lästigen Fliegen,
wollen alles umsonst kriegen,
stecken überall ihr'n Rüssel rein,
da wär' 'ne Fliegenklatsche fein.

Schneedienstmuffel: (i)
Schiebt Schnee hin und schiebst ihn her,
all das nützt ihm gar nichts mehr,
Schneedienst-Auto macht ihn rasend:
kaum weg, die Massen wieder da sind!

Schrumpfgermane: (i)
Ach, dass ich's nicht ahne,
wieder der Schrumpfgermane,
stellt sein Radio so laut,
bis man ihm die Tür einhaut!

Schrumpfgermane, impotenter: (i)
Ihr Nachbar, der humpelt
und ist sehr geschrumpelt.
Weil die Sonne ihn verbrennt,
ist er auch noch impotent!

Schürzenjäger, mdal. Schärznjächer: (i)
Schürzenjäger kann ich nicht leiden,
die sich mit der Schürze verkleiden,
weil die so getarnten Böcke
grapschen de Weiber unter de Röcke!

Schweinehund: (i)
Der Nachbar hat als Hund ein Schwein,
das Minischwein wurde groß,
es biss Besucher in ihr Bein,
bei andern wollt' es auf den Schoß.

Sesselfurzer: (i)
Sie woll'n e' „Beamter" sein?
Schaut man in Ihr'n Türschlitz rein,
sieht's aus wie beim Schwein!
Nach Sesselfurzern werfe man e' Stein!

Simmelierer: (i)
E' Simmelierer woll'n se sein,
in'n Kopf gehört e' Hirne rein,
keen Nachdenken mit hohler Birne
und Wasser hinter der Stirne!

Sortierschwein: (i)
Pfui, das Schwein, sortiert ja nicht,
Sortieren ist des Bürgers Pflicht!
Schwarze Tonne, blaue Tonne,
„Die" ist gelb, so wie die Sonne!
Du Schwein, sortieren, das muss sein!

Spannerschwein: (i)
Spannerschwein ist e' Grunztier,
glubscht ewig hinterm Spion,
wann ich gehe, sagt es dir,
wann ich komme, weiß es schon.

Spass-Ti(c)ker I: (i)

Ist sein blöder Tick,
kann man dran nichts machen,
Spass, das ist sein Kick,
alle auszulachen.

Spass-Ti(c)ker II: (i)

Ist einer, der hat 'nen Tick,
ist jemand, der ist verrückt,
denn im Treppenhaus
lacht er jeden aus.

Sperenzchenmacher, mdal. Schperrenzienmacher: (m)

Den kann keiner leiden,
solltest ihn tunlichst meiden.
Jeder Pups regt ihn auf,
ach, scheiß drauf!

Stasispitzel: (i)

Läuft durchs Haus mit böser Fresse,
auf leisen Sohlen mit Raffinesse,
einen Spion an seiner Tür,
plötzlich steht der hinter dir.

Studenten-Trottel, armer: (i)

Weil die Kohle ihnen fehlt,
einen Job sie haben müssen,
was das Studium erschwert,
das gehört zu ihr'n Verdrüssen.
Ja, es ist doch auch verkehrt.

Taxischeinstudent, unanständiger: (i)

'n Fahrer schaute an ihn schal,
als er stieg ins Taxi mal,
's war sein Nachbar, der Student,
der noch keinen Anstand kennt.

Tasse, trübe, mdal. triebe Tasse: (m)

Ob Weiblein oder Mann,
ist jemand, auf den man
sich nicht verlassen kann,
ohne Antrieb dann und wann.

Tiefflieger, geistiger: (i)

Tiefflieger de Füße sich nicht abtreten,
dauernd werd'n se drum gebeten,
da müssen sie sich abstreifen
und sich mal an' Hintern greifen!

Tollpatsch: (m)

Platsch, mitten in der Pfütze
Matsch und kaltes Wasser,
's kommt noch krasser,
kotzt aus die grüne Grütze.

Träne, mdal. auch Tranfunsel: (m)

Ein Nachbar, der kaum
zwei, drei Schritte geht,
äußerst langsam sich bewegt,
irrt durch Zeit und Raum.

Trittbrettfahrer: (i)

Trittbrettfahrer sind Schmarotzer pur,
tun nichts, woll'n aufspringen nur.
Der Trittbrettfahrer sterbe aus,
man werfe ihn zur Tür hinaus!

Türeintreter: (i)

Hat der die Tür kaputt gemacht?
Das ist doch nur so ein Gerücht,
nichts genaues weiß man nicht.
Verdächtig nur ist, dass er lacht.

Überstundenheinis: (i)

Waschen Wäsche nachts,
in der Dusche kracht's,
eh' im Bett die liegen,
könnt' man Schwämmchen kriegen.

Umgangsmuffel, rustikaler: (i)

Tritt Eingangstüren ein,
will nie gewaltfrei sein,
schreit koprolalisch[8] Worte,
schmeißt gern mit Sahnetorte.

Unikum, mdal. Unigum: (i)

So was habt ihr noch nie geseh'n,
müsst ihr mal zu Schulze geh'n,
dünkt sich originell und schlau,
streicht de Tapeten in Kakao!

---

[8] Koprolalie, das „Ausstoßen von kothaltigen Wörtern".

Unkrautsamenverbreiter I: (i)
Beschimpft den Ökogärtner nicht.
Es gibt auch eine andre Sicht:
Unkraut ist ein Unwort gar.
Wildkraut ist doch wunderbar!

Unkrautsamenverbreiter II: (i)
Gänseblümchen vor dem Haus,
sehen ganz entzückend aus,
Löwenzahn, der steht im Garten.
Pusteblumen, all die zarten,
alle auf Verbreitung warten.

Unterbelichtete: (m)
Hä, was hast'e gesagt?
Hab dich nichts gefragt,
hast Dreck an der Hacke.
Alter, hat die 'ne Macke!

Urvieh: (m)
Der bringt's mal weit,
geht mit der Zeit,
sich durch's Leben boxt,
vor witzigen Einfällen strotzt.

Urviehch, altes: (i)
Ist 'e Urviehch mal älter,
muss man es Uraltviehch schimpfen,
seine Witze werden kälter,
dagegen kann man nicht impfen.

Vieh, verfaultes: (m)
Du altes verfaultes Vieh,
meine Bahn schaff' ich nie!
Kannst du nicht aufpassen,
mich schnell mal vorbei lassen?

Vollidiot: (i)
Das darf keiner schimpfen;
hilft dagegen impfen?
Selber ein Idiot,
selber dumm wie Brot.

Vorgartenzwerg: (i)
Denkt, er sei ein Direktor,
trägt die Nase nach oben,
steht Zwergen im Vorgarten vor,
da kann er schreien und toben!

Wachtel, fette: (i)
Fette Wachtel, fette Schachtel,
Stampfer zerstampfen Sauerampfer,
fette Schachtel, fette Wachtel,
schnaufst wie'n Süßwasser-Dampfer.

Wanst: (m)
Hier ist nicht der Bauch gemeint,
's ist ein freches Kind.
Ist aufgedreht und durch'n Wind,
es meist lacht und selten weint.

Waschlappen: (m)
Weich, wabbelig, widerlich,
zupacken kann der nicht.
Wird sich ängstlich einkacken,
soll er etwas allein machen.

Weichei-Mediator: (i)
Komisch, was euch alles stört.
Zum Mediator ihr gehört.
Soll'n wir da denn meditieren?
Versöhnen und nicht lamentieren,
weil für'n Streit zu weich ihr seid.

Weichei-Scheiß-Mediator: (i)
Du Scheiß-Mediator,
ich beiß' dich ins Ohr,
kann Weichheit nicht leiden,
ich will lieber streiten!

Wolkenkuckuck: (i)
Wohnst in Wolkenkuckucksheim,
wo der Wolkenkuckuck schreit!
Ruhe hältst du niemals ein:
werfe ich nach dir 'nen Stein.

X-Bein-Ede: (i)
X-Bein-Ede, bist zu blöde
einen Fuß vor'n andern zu setzen,
ohne dich dabei zu verletz'n,
und du bist dazu noch öde.

Xanthippe: (m)

So das Weib des Sokrates hieß,
diese hier den Mann am Zopfe riss,
ihn die Treppe runterstieß,
dass er knatternd in die Hose schiss.

Xaver, bescheuerter: (m)

Der Xaver ist bescheuert,
wer hat den angeheuert?
Kann kein X vom U unterscheiden,
wird an Unterbelichtung leiden.

Xenia, dumme: (m)

Xenia, die Dumme,
hat Puppenschuhe an,
zerriss'ne, beschiss'ne,
mit Kuhscheiße dran!

XXL-Monster: (i)

Du raumgreifender Kleiderschrank,
ich hau dich gleich zur Bank!
Schwabbelbauch und Schwabbelarm,
Monster soll' n zur Hölle fahr'n!

Yachtclub-Mitglied: (i)

Du willst in 'nem Yachtclub sein?
Gehörst in 'nen Jagdclub rein!
Zeig mir deinen Jagdschein,
du dummes Schwein!

Yak, dummer: (i)
Du dummer Yak,
gehst mir uffn Sack,
du Hochgebirgsrind,
einfältig wie 'e Kind.

Yankee: (i)
Ein Yankee willst du sein,
kämst nicht nach Amerika rein,
bist ein dummer Bettelmann,
hast beschiss'ne Unterhosen an!

Yippie: (m)
Yippie, ein radikaler Hippie,
voll verrückter Aktionist,
mit Hass auf Schickimicki,
bei Angst in die Hosen pisst.

Zankdeibel: (m)
Sie ähnelt einer Hexe,
er dem leibhaftigen Teufel.
Er schimpft sie Petze,
sie ihn Scheusal.

Zickenbietz, mdal. Ziggenbietz: (i)
Männer mit 'nem Zickenbart
tragen keine Euter,
im Jarten kleechen se ze hart,
fliechen se von dr Leiter.

Zilla: (i)

Da läuft die Zilla
mit ihrem Chinchilla,
willst de sie greifen,
tut es dich beißen.

(ik)

Zippeljule, mdal. für Zipfeljule: (i)

Hat zipp'lige Haare im Gesicht,
weil man denkt, die liest noch nicht,
kriegt 'ne Frisur vor der Schule,
dann heißt sie Topfschnitt-Jule.

70

Zottelkopf, mdal. Zottelkopp: (i)

Du alter, wüster Zottelkopp,
geh vorn Spiegel - hopp, hopp -
ich schneide ab sonst deinen Zopp.
kämm dich, hopp oder dropp!

Zwecke: (i)

Mach den mal nicht madig,
ist zwar klein von Wuchs,
aber außerordentlich drahtig,
dazu ein schlauer Fuchs.

Zweifler, ungläubiger: (i)

Einer, der uns nicht versteht,
dem Schimpfen auf die Nerven geht,
der nicht glaubt, wie Nachbarn sind,
denn er ist vielleicht noch Kind.

Zweifler, weltverbesserischer: (i)

Er kann's vielleicht viel besser,
als all die Menschenfresser,
wirft nicht sogleich mit Messern,
und wird die Welt verbessern.

1000 weitere Beschimpfungen (b)
... zum selber Bauen

Wort 1	Wort 2	Wort 3
Alter	Fenster	Affe
Bekloppter	Haustür	Anscheißer
Beschissener	Keller	Arsch
Blöder	Mülltonnen	Furzer
Dreckiger	Nachttopf	Kasper
Dummer	Pantoffel	Miesepeter
Stinkender	Plumpsklo	Nörgler
Unterbelichteter	Sessel	Pisser
Verfaulter	Treppen	Schwätzer
Verkalkter	Vorgarten	Zwerg

Suche dir in jeder Spalte ein Wort aus und kombiniere die Wörter zu neuen wüsten Beschimpfungen.

Bsp.: Stinkender Keller - Pisser

Zweiter Teil:

Begegnungen und Missetaten zwischen Nachbarn

Die lieben Nachbarn

(Anfang der 50er Jahre)
Herbert Skorupa

Wir lebten in Halle und bewohnten dort ein Zimmer von ca. 28m², welches wir uns nach unserem Geschmack einrichteten. Wir, das waren meine liebe Frau, unsere süße kleine Angelika und ich. Die gesamte Wohnung teilten sich mit uns insgesamt drei Parteien. Zu dem einen Haushalt gehörten drei und zu dem anderen zwei Personen. Das von uns gemietete Zimmer war nur durch eine große Doppeltür abgetrennt, hinter der unser Nachbar, ein Musiker, oft sehr laut auf seiner Posaune übte, und dies vertrieb uns ebenso oft Lust und Laune.

Als dann noch seine kleine Tochter direkt an der Tür auf einer Geige übte, waren wir nicht nur betrübt, sondern auch entrüstet, schließlich arbeitete ich ja im Schichtdienst. Ich bat den Nachbarn um Verständnis, traf aber auf taube Ohren. Da fing die Wut in mir zu kochen an. Erst wollte ich die Angelegenheit über die Behörden regeln, bis mir dann doch ein Zufall zu Hilfe kam, den ich gleich wahrnahm.

Nach einer meiner Schichten bekam ich nämlich völlig unverhofft ein gutes Radio zu kaufen, damals ein richtiger Glücksfall, und brauchte nun nicht mehr zu den Behörden zu laufen.

Ich stellte das Gerät flugs direkt vor der Tür auf volle Lautstärke ein und ließ nun fünfe gerade sein. Empört stellte der Nachbar mich zur Rede, doch ich wies ihn kalt zurück. Damit hatte er nicht gerechnet.

Ich machte den Vorschlag, seine und der Tochter Übungen auf die Zeit zu legen, wo ich keinen Schichtdienst hatte, oder diese in ein anderes Zimmer zu verlegen. Irgendwie sah er das dann auch ein und ließ den Streit sein. Meine Idee zeigte Wirkung.

Am Ende kein Ärger und Hallo, allein durch ein simples Radio!

Ein unwiederbringlicher Verlust?

(Aus den 60er Jahren des 20. Jahrhunderts)

Ingrid Ursula Stockmann

Anna streifte sich immer vor den Küchenarbeiten ihren Ehering ab und legte diesen sorgsam in ein Schächtelchen im Küchenschrank, um das kostbare Stück ja nicht zu verlieren. Eines Tages klingelte die Nachbarin, weil ihr die Eier ausgegangen waren, sie ihren Eierkuchenteig aber bereits angerührt hatte. Während Anna sich anschickte, ein Ei zu holen, kramte doch Klara im Küchenschrank und stieß dabei auf das Schächtelchen. Flugs öffnete sie dieses, stülpte sich Annas Ehering über und rief strahlend aus: „Guck mal, der passt mir auch!"

Darüber konnte sich die junge Frau, die es übrigens hasste, wenn sich einer an fremdem Eigentum vergriff, wohl doch nicht freuen. Klärchen merkte nun, dass sie zu weit gegangen war und bot zur Versöhnung einen Ausflug in die Natur an. Sie würde auch eine kleine Flasche Brause, vielleicht mit Waldmeistergeschmack, wie man sie draußen an den Ständen zu kaufen bekam, spendieren.

Annas Mann, der gerade, von der Nachtschicht erschöpft, hereintrat, fand eine Entspannung in der Natur auch gut. Schon wieder war er zu spät abgelöst worden. Er schlug vor, dass alle drei doch am Nachmittag die Rosi in ihrem Garten besuchen könnten. Seine befreundete Arbeitskollegin, fand Klara, war eine suspekte Person. Hermann half ihr im Garten und bekam dafür selbst geerntete Äpfel.

Als Annas Mann endlich den mangelnden Schlaf wieder etwas ausgeglichen hatte, schimpfte er noch mürrisch auf die Deutsche

Reichsbahn. Dann hellte sich sein Gesicht auf, denn sie wollten ja in den Garten gehen. Kaum hatte er das ausgesprochen, stand ein Reichsbahner vor der Tür, um ihn zur nächsten Schicht, mit der er gar nicht dran war, abzuholen. Schon wieder hatte ein Kollege wegen plötzlicher Erkrankung seinen Dienst nicht angetreten. Ein Telefon gab es nicht in Hermanns Haushalt. Warum musste man ihn immer erwischen, noch bevor er die Wohnung verlassen konnte, um sich mal zu vergnügen.

Hermann schnaubte vor Wut, musste sich jedoch in sein Schicksal fügen. Er riet seiner Frau noch, mit Klara eben allein zu Rosi in den Garten zu gehen, weil die sich bestimmt darüber freuen würde, und er könnte ja beim nächsten Mal mitkommen.

Rosi war wirklich sehr darüber erfreut, dass Hermann ihr die beiden Helferinnen geschickt hatte. „Wieso eigentlich helfen, wollten sie sich nicht mal entspannen?", dachte Anna.

Ja, eine Tasse Kaffee aus dem Westpaket sollten sie natürlich bekommen. Während Rosi in der Laube hantierte, saßen Anna und ihre Nachbarin auf einer gemütlichen Bank. Schon wieder hatte es der Ehering an Annas Finger der Klara angetan. Sie wollte sich ihn unbedingt noch mal aufsetzen. Die Ringträgerin war es irgendwie gewöhnt nachzugeben, um ihren Frieden zu haben. Klara nahm das teure Edelmetall und rannte damit plötzlich wie von der Tarantel gestochen davon.

„Hat sie schon wieder Durchfall?", dachte Anna, sich große Sorgen um ihren Ring machend. Es konnte nicht anders kommen. Nachbarin Klara hatte das gute Stück im Galopp fallen lassen. Die beiden Frauen und dann auch Rosi suchten vergebens danach. Was würde Hermann dazu sagen?

Es war das Beste, ihm gar nichts davon zu erzählen. Vielleicht merkte er es nicht und der Goldring würde sich später wieder anfinden. Auch Rosi sollte Annas Mann gegenüber nichts verlauten lassen. Sie bedankte sich zum Abschied für die Hilfe im Garten.

Nach geraumer Zeit lud Rosi die beiden wieder ein, damit sie als Dankeschön das eine oder andere bei ihr ernten könnten.

Hermann war wieder mal berechtigt wütend, weil er wegen Krankheit eines weiteren Kollegen, zum wievielten Male auch immer, eine Doppelschicht schieben musste. Aber jetzt hatte er endlich Zeit und wollte natürlich mit. So zogen sie zu dritt los.

Im Garten bückte sich Hermann plötzlich. Über eine etwas abseits stehende Mohrrübe war ein Ring gestülpt. „Mensch, der ist aus Gold und sieht fast so aus wie dein Ehering", rief der Eisenbahner begeistert aus. Die Frauen sahen sich vieldeutig an. War doch unter dem verlorenen Schmuckstück eine Möhre gewachsen. Wie sollten sie das Hermann erklären?

Aber der Gestresste hatte nach einem Schwätzchen mit Rosi den Ring wieder gänzlich aus den Augen verloren und seine Freundin ließ ihn klammheimlich in ihren Besitz übergehen.

Krach im Haus

(Ende der 60er Jahre)
Ingrid U. Stockmann

Zwischenmenschliche Konflikte sind universell, so auch das Konfliktthema Nachbarschaftslärm. In unserem Haus wohnte eine dreiköpfige Familie, an die ich mich noch besonders gut erinnern kann. Meine Schwester war mit dem fast gleichaltrigen Mädchen befreundet.

Deren Vater hatte eine sehr strenge, moralisierende Ausstrahlung und Haltung. Sein Umgang mit der eigenen Tochter und anderen Kindern sowie Mitmenschen überhaupt gestaltete sich entsprechend. Einmal hatte Birgit eine den Vater rasend machende Farbkombination für ihre Kleidung gewählt, nämlich einen schwarzen Rock, eine weiße Bluse und einen roten Gürtel. Dafür bekam sie eine deftige Ohrfeige, denn es waren die Farben der Weimarer Republik.

Birgit war nett. Ihren Vater sah man oftmals in einem schwarzen Ledermantel, welcher ihm ein furchterregendes Aussehen verlieh. Deshalb munkelten die Leute auch, dass er bei „Horch und Guck" sei. Heute weiß ich die eigentlichen Konflikthintergründe. Es ging um Macht- und Geltungsansprüche.

Eines Tages hatten wir mit ihm eine Begegnung, die eigentlich nicht zum Lachen war. Meine Schwester und ich beschäftigten uns gern mit unserer Schildkröte. Diese war im Tierhandel sehr billig zu erstehen gewesen und dazu noch von einer überdurchschnittlich flinken Art. Deshalb hatte ich ihr einen Overall mit einer modernen Knopfleiste gehäkelt. Das Kleidungsstück konnte oben bequem zugeknöpft werden und saß perfekt, da konnte die störrische Schildkröte noch so strampeln.

Meine Schwester wunderte sich darüber. „Na ja, wo soll ich denn sonst bei solch einem rutschigen Tier eine Leine befestigen?", klärte ich sie auf. Dann machte ich mich daran eine Schildkrötenleine zu häkeln. (Ein Loch in den Panzer bohren, kam für uns nicht infrage. Andere klebten sogar Abziehbilder auf ihre Kröte. Sie hatten die ihre bestimmt auch für nur 15 Ostmark erstanden, womit sie sozusagen leichter als kaputte Rollschuhe oder andere Freizeitgegenstände ersetzbar war.)

Ich führte unsere Schildkröte nun beim Spazierengehen um die Grünflächen an unserem Haus an der Leine. Von daher war sie auch unseren Nachbarn und staunenden, zufällig vorübergehenden Leuten bekannt. Viele Nachbarskinder besaßen allgemein begehrte Sportgeräte, wie eben Rollschuhe, und wir dafür Schildkröte, Hamster und Maus.

Einmal fuhr ich am Wochenende stundenlang mit ausgeliehenen Rollschuhen um unser Haus. Die niedrige Vorgartenumzäunung diente mir Ungeübten als zuverlässiger Halt. Nachdem Birgits Vater das gesehen hatte, wusste er mit seinem kriminalistischen Spürsinn sofort Bescheid. Birgit durfte mir nie wieder ihre Rollschuhe ausborgen.

Bei schlechtem Wetter beschäftigten wir uns in unserem gemeinsamen Kinderzimmer mit den Haustieren, mit dem Malen und Zeichnen von Bildern, mit Lesen und Musik hören. (Einen Fernseher hatte und brauchte die Familie nicht. Darüber beklagten wir Schwestern uns nie.)

An einem solchen Tag machte unsere Schildkröte wieder mal Rabatz in ihrer Holzkiste. Da unser Zimmer zu klein war, setzten wir sie zwecks Auslaufs auf den Wohnzimmerboden und malten weiter. Eigentlich konnte ja nichts passieren.

Die Gepanzerte bemühte sich wie immer die Wände hochzuklettern, plumpste aber jedes Mal wieder auf den Boden. Das erfolgte ziemlich geräuschvoll und war nervig. Da machten wir eben die Wohn- und Kinderzimmertür zu und vertieften uns weiter in unsere Kunst.

Plötzlich klingelte es Sturm! Wir öffneten verblüfft und etwas verunsichert. Birgits Vater legte gleich lautstark los: „Was erlaubt ihr euch in der Wohnung Rollschuh zu fahren?!" Weil meine Schwester und ich beinahe gekichert hätten, wurde er noch aggressiver. Aber das war doch lustig, die Geräusche durch die Schildkröte mit Rollschuhen zu verwechseln, zumal wir letztere überhaupt nicht besaßen. Wir versuchten ihn vorsichtig über diesen Sachverhalt aufzuklären. Nun schrie er aus voller Kehle: „Lügt nicht noch, solche Frechheit!"

Meine Schwester und ich waren nie frech zu Erwachsenen und auch nett zu anderen Kindern. Wir hatten „solche Leute" sogar immer stark unterschätzt, ihr Gehabe als übertrieben empfunden und damals nicht geahnt, dass unsere Eltern von „solchen" beobachtet wurden. Das Misstrauen mancher Erwachsener, womöglich welche von dieser „Firma", als Hausnachbarn zu haben, fanden wir ebenfalls überzogen.

Hat man keine friedfertigen Nachbarn, kann man dennoch lustig sein. Die Leichtigkeit der Jugend trifft man in jedem gesellschaftlichen System an, außer bei ausgesprochener Hungersnot und anderen Katastrophen.

Kollege Nachbar

(Ende der 60er Jahre)
Ingrid U. Stockmann

Klaus-Dieter begann sehr zeitig seine Lehrausbildung. Zu dieser musste er jede Woche mit dem Zug hinfahren. Er war zwar noch recht jung, aber deshalb noch lange nicht dumm. Der Lehrling holte während seiner Berufsausbildung die 9. und 10. Klasse nach. Während der regulären Schulzeit hatte er sich in der Schule am liebsten mit dem Kaupeln und Tauschen von begehrten Artikeln beschäftigt, denn es gab ja nicht sehr viel zu kaufen.

Eines schönen Tages erhielt Klaus-Dieter von seinem etwas älteren Kollegen einen Auftrag: „Stift! Du musst mal zu unserem Kollegen Müller gehen und ‚Siemens-Lufthaken' holen, die sind uns ausgegangen", verlangte er herrisch. Klaus-Dieter kannte den Auftraggebenden sehr gut. Sie waren in ihrer Kindheit quasi Nachbarn gewesen, wohnten nebeneinander in zwei Doppelhaushälften, hätten früher beinahe zusammen in der Sandkiste spielen gekonnt. Der Schulze war gerade Facharbeiter geworden.

Klaus-Dieter zeigte sich sehr bereitwillig, den erfahrenen Kollegen zufriedenzustellen. Aber der Schein trog. Der junge Bursche ließ sich einfach bei einem Spaziergang die frische Frühlingsluft um die Ohren wedeln, statt „Siemens-Lufthaken" zu holen. Nach etwa einer Stunde ging er zurück zur Arbeitsstelle, um sich dann in die Betriebskantine zu setzen und genüsslich Kaffee zu trinken. Eine schön heiße Bockwurst mit Bautzener Senf und einem frischen Brötchen gönnte er sich auch noch. (Das soll keine Schleichwerbung sein, auch wenn sich diese Senfmarke gehalten hat.)

Nach zwei geschlagenen Stunden kam Klaus-Dieter wieder an seinem Arbeitsplatz an. Empört fragte ihn sein Kollege: „Stift, was erlaubst du dir, so lange von der Arbeit wegzubleiben?" Der Lehrling war nicht auf den Mund gefallen: „Herr Müller musste die ‚Siemens-Lufthaken' erst bestellen, es waren keine da. Ich sollte so lange warten, bis die Lieferung kommt. Aber das Lieferauto hatte eine Panne. Da bin ich eben ohne die Lufthaken zurückgekommen."

Kollege Schulze sagte nun gar nichts mehr. Nach einem Telefonat mit Herrn Müller war er noch wütender, denn dieser hatte den Stift an diesem Tag noch nicht gesehen.

In der darauffolgenden Woche verlief alles ruhig, bis kurz vor der Heimfahrt am Wochenende. Klau-Dieter packte seine Tasche und vermisste sein Nylonhemd. Das hatte er erst von Franz geschenkt bekommen. Der Onkel schickte es in einem Westpaket mit der Aufschrift „Geschenksendung, keine Handelsware". Das Hemd war marineblau und stank einst nach dem üblichen Desinfektions- oder Insektenvernichtungsmittel.

Klaus-Dieter musste lange danach suchen. Da sah er, beziehungsweise erkannte es an dem Marineblau. Sein gutes Stück war fast auf Briefmarkengröße zusammengefaltet. In der Mitte hatte es jemand mit einem Zimmermannsnagel auf seiner Unterlage festgenagelt.

Wütend zog Klaus den Nagel heraus, brachte sein Hemd wieder auf seine ursprüngliche Größe zurück, indem er es heftig schüttelte. Dann ließ der Lehrling das Kleidungsstück in seiner Reisetasche verschwinden. Zu Hause angekommen, entledigte sich Klaus-Dieter erst mal seines Reisegepäcks und haute sich aufs Ohr. Frühmorgens sah er das marineblaue Hemd auf einem Bügel hängen, frisch gewaschen. Er beäugte es argwöhnisch.

Jedes, aber auch jedes Loch war kunstvoll gestopft. Klaus wusste nicht, ob er lachen oder heulen sollte, entschloss sich dann aber, sich bei seiner Oma, die im Krieg gleich zweimal schlimme Notzeiten erlitten hatte, herzlich zu bedanken: „Oma, das war doch nicht nötig!"

Klaus-Dieter nahm das Nylonhemd sogar wieder mit zu seiner Arbeitsstelle, steckte es dort jedoch heimlich in den Müll und dann kam es in das Museum seiner Erinnerungen. Er konnte es nur erahnen, aber nie aufdecken, wer ihm und seiner Oma das angetan hatte.

Freitag musste ein anderer Kollege dran glauben, nämlich der, der immer in Eile, schwungvoll in seine Holzlatschen stieß, um sofort loszuflitzen. Aber diesmal? Pustekuchen! Die Latschen waren mit je einem großen Zimmermannsnagel am Fußboden festgenagelt. Es hätte sonst was passieren können!

Natürlich verdächtigte Klaus-Dieter seinen ehemaligen Hausnachbarn, aber was sollte es? Der junge Lehrling erwog, sich in eine andere Brigade versetzten zu lassen. Jedoch kam ihm das Schicksal zu Hilfe. Kollege Schulze, eigentlich Bodo genannt, wurde befördert und zu einer anderen Arbeitsstelle „weggelobt". Sollten sich jetzt die anderen mit ihm herumärgern!

Eines Tages konnte Klaus seinen Augen kaum trauen. Die einst leere Wohnung in der benachbarten Doppelhaushälfte war wieder belegt. Auf dem Klingelschild stand „Schulze"!

Zeltnachbarn

(aus den 70er Jahren)
Ingrid Ursula Stockmann

Unsere Eltern konnten einfach finanziell nicht auf die Strümpfe kommen. Kein Wunder! Das Waisenkind Anni heiratete den ehemaligen Kriegsgefangenen Horst, der aus einer oberschlesischen Flüchtlingsfamilie stammte. Unsere älteste Schwester, ein hoffnungsvolles, lebendiges kleines Mädchen, wurde schwer krank. Durch ihre dauerhafte Schädigung war für unsere Mutter an Geldverdienen nicht mehr zu denken.

Unsere Freunde und Bekannten aus der Nachbarschaft hatten sich teilweise nach dem Krieg finanziell besser erholen können. Sie fuhren sogar mit ihren Kindern in den Urlaub.

Immerhin waren meine Schwester und ich einmal gemeinsam in einem Betriebsferienlager gewesen. Aber von einem richtig tollen Erlebnis- und Badeurlaub konnte man da nicht gerade sprechen. Wir erinnern uns noch heute am deutlichsten an Frühsport, Fahnenappelle, Wettkämpfe und einen kilometerweiten Marsch bei sengender Hitze, um an einen Badesee zu gelangen.

Inzwischen hatten wir das Alter, bei Ferieneinsätzen im Pflegeheim und in der Schokoladenfabrik Geld verdienen zu dürfen. Fleißig und zielstrebig sparten wir für einen eigenständigen Urlaub am Schweriner See. Heimlich steckte unsere Mutter uns etwas Geld für die Komplettierung der mühsam zusammengetragenen Campingausrüstung zu, was unser Vater bei dem knapp bemessenen Wirtschaftsgeld nicht merken durfte. Er hätte es auf jeden Fall sofort zurückverlangt.

Da Vater aber sah, dass wir unseren geplanten Urlaub selbst finanzieren konnten, unterstützte er uns mit einem Freifahrtschein der Deutschen Reichsbahn. Wenn er auch als Fahrdienstleiter nicht viel verdiente, war doch die Möglichkeit von freien Zugfahrten ein wirklicher Vorteil. Er half uns sogar, eine günstige Zugverbindung herauszusuchen.

Unser Reisegepäck, welches wir auf einer Art Bollerwagen festzurrten, durfte im Gepäckwagen mit uns fahren. Munter ging es bis nach Schwerin!

Vater wusste, dass von dort aus Busse bis nach Flessenow zum Zeltplatz fahren würden. Na, kein Problem! Von der Bushaltestelle bis zum Campingplatz konnte es dann ja nicht mehr weit sein. Das letzte Stückchen würden wir das Wägelchen eben ziehen, dachten wir uns so, hatten wir es doch bereits in die Straßenbahn und in den Zug bekommen, würden wir es auch noch in den Bus trecken können. Unsere Kräfte verließen uns nicht, schließlich waren wir hoch motiviert. Margret war ja schon volljährig geworden. Was sollte uns also passieren?

Als der Bus endlich kam, öffnete sich die Tür, und der Fahrer befahl eiskalt, mit dem Bollerwagen ja draußen zu bleiben. Er war auch keinesfalls bereit, uns einen guten Rat zu geben. Ob man bis nach Flessenow laufen konnte? „Nee, das sind über 10 km, das würde ich mir schon ohne diesen schwer beladenen Wagen überlegen." Und damit machte er die Schotten dicht.

Margret und ich guckten uns an und wussten Bescheid, was wir beide machen würden, nämlich laufen. Ob der Wagen das aushalten würde? Wir schätzten ihn als stabil genug ein.

Unterwegs verließen uns nicht die Kräfte, aber die einigermaßen gut begehbaren Wege und Untergründe. Von befestigten Strecken konnte kaum noch die Rede sein. Es half alles nichts, wir wechselten uns regelmäßig mit dem Ziehen ab, was wirklich viel ausmachte.

Nun war ich wieder an der Reihe. Auf einmal verspürte ich in meinem Arm einen ziemlich heftigen Ruck, den ich mit noch mehr Muskelkraft überwinden wollte. „Halt, halt!" Margret fuchtelte mit den Armen. Das Gepäck war abgekippt und lag neben einer Pfütze im Dreck.

Als wir unsere hart erarbeitete Campingausrüstung wieder aufladen wollten, bemerkte meine Schwester, dass bei unserem Wagen die Deichsel gebrochen war, kurz vor Retgendorf. Oh weh, so knapp vor dem Ziel. „Wir trampen", kam Margret die Erleuchtung. Ein Trabant fuhr an uns schnöde vorbei. Aber ein netter Mann erbarmte sich unser. Er riet uns, hier zu warten, bis er sein Auto vom Campingplatz geholt hätte.

Tatsächlich transportierte er uns samt unserer Bagage zu dem Zeltplatz, für den wir die Campinggenehmigung besaßen. Den nicht mehr benutzbaren Handwagen hatten wir dank unserem Helfer in einer nahe gelegenen Poststelle abgegeben. Der nette Herr riet uns noch, auf der Rücktour unsere Campingausrüstung ebenfalls dort aufzugeben, um sie dann postlagernd vom Bahnhof wieder abholen zu können. Irgendwie schüchtern boten wir ihm dankbar drei Mark an, die er jedoch brüsk ablehnte. Er musste uns für arm gehalten haben, doch unser fast „indianischer" Wille hatte ihm womöglich imponiert.

Aber es kam noch netter, dachten wir jedenfalls anfangs geschmeichelt. Wir wurden gleich von ein paar „Jungs" begrüßt, die uns zum Platzwechsel unseres gerade sorgfältig fertig aufgebauten Zeltes bewegen wollten. „Kommt doch zu uns, da sind wir dann Nachbarn und können uns immer austauschen, auch zusammen kochen und so", meinte die kleine Horde einstimmig. „Wir bauen unser Zelt nicht wieder ab", gaben meine Schwester und ich unmissverständlich zu verstehen. Alles kam nur dadurch, weil wir keinen Flaschenöffner und die keinen Büchsenöffner besaßen.

Ehe wir es uns versehen konnten, hatten vier Knaben an den vier Ecken des Zeltes die Heringe herausgezogen, und schon schwebte das Zelt über dem Boden. Noch schneller stand es wieder, wenn auch sehr schlampig aufgebaut. Halb pikiert, halb belustigt machten wir uns an die erforderlichen Korrekturen der nur notdürftigen Befestigungen, um unseren neu erworbenen Besitz vor Schaden zu bewahren. Das Zelt sollte uns nicht nur eine Saison, sondern noch etliche Jahre erfreuen. So schnell würden wir als Schülerin einer Erweiterten Oberschule (Gymnasium) und Studentin nicht zu neuem Geld kommen. Aber es fühlte sich gut an, so „begehrt" zu sein.

Gleich am nächsten Morgen wollten wir, oder besser gesagt, unsere netten Zeltnachbarn mit uns zusammen, frühstücken. Vier kleine Campingstühle für sechs Leute sind besser als gar keine. Immerhin bot der klappbare Camping-Koffer-Tisch den Komfort, noch zwei Kästen zusätzlich dran stellen zu können. Die Jungs mussten nicht mehr auf ihren Luftmatratzen speisen.

Es wurde sehr lustig, bis uns ein verdächtiges Geräusch erstarren ließ. Ratsch, machte es. Der Lange auf dem grazilen Stuhl hatte zu wild gestikuliert.

Wütend meckerte ich ihn voll. Genervt und gesättigt trollte sich die Bande vom Tisch. Noch während ich den zerrissenen Stoff raffte und neu zusammennähte, was die Sitzfläche um einige cm verkleinerte, kam der Missetäter angeschissen, um sich wieder einzuschmeicheln. „Wir können doch zusammen Mittagessen kochen und euch dabei helfen, das macht viel mehr Spaß als so allein ..., jeder legt was dazu, dann kaufen wir auch ein", überredete er uns, auf unseren neuen Campingkocher schielend.

Mit Kartoffelpuffern war jeder einverstanden. Die Knaben schleppten einen Sack Kartoffeln und die nötigen Zutaten herbei, während wir beiden Schwestern sogar eine Kartoffelreibe käuflich erwerben konnten. Das wollten wir den „Lebenskünstlern" nicht überlassen. Ansonsten glaubten wir an das Gute in unseren Zeltnachbarn.

„Ah, ich esse sechs Puffer", schwärmte der eine, „und ich esse acht", lechzte der andere Gierzahn, der mit der Überlänge.

Ich war stolz, wie geschickt ich Kartoffeln reiben konnte. Obwohl unsere Nachbarn unentwegt quatschten, raspelte ich mich nicht einmal blutig. Margret verrichtete diese Arbeit ebenso gut. Kaum konnten wir die dienstbeflissenen Knaben abwehren. Einer hielt dann doch die Reibe in der Hand, gab sie jedoch bei dem ersten blutigen Versuch reumütig wieder zurück.

Tatsächlich bekamen wir die wirklich sehr große Schüssel mit der breiigen Masse gefüllt. Diese hatte wirklich eine prima Konsistenz und versprach für die gewünschten Puffermengen ergiebig genug zu sein. Doch da riss uns der Lange die Schüssel weg und ordnete an, dass der Teig unbedingt ausgewrungen werden müsste, bevor man ihn verwenden könnte; das hätte er bei seiner Oma so gesehen.

Flugs bedienten sich die starken Männer an unserem Geschirrtüchervorrat und verrichteten in Windeseile diese beknackte Arbeit. Eine ungeheure Dynamik hatte sich bei den hungrigen Wölfen entwickelt, die wir Schwestern einfach nicht zu stoppen wussten. Schließlich gaben wir es auf und tuschelten lachend miteinander.

Wir freuten uns schon darauf, wie den lieben Zeltnachbarn die in Fett gebratenen Schuhsohlen schmecken würden, auch wenn es schade um den Teig war. Ganze sechs Ledersohlen kamen heraus, für jeden von uns eine.

Tatsächlich zogen sie lange Gesichter. Einer erkannte sogar, dass sich der Lange wohl nach einem Kloßrezept seiner Oma gerichtet hätte, was wohl doch falsch gewesen wäre. Daraufhin zankten sie sich noch. Aber immerhin schoben sie nicht mehr uns die Schuld in die Schuhe.

Tatsächlich schafften es unsere Zeltnachbarn, dass wir ihnen auch den „zweiten Streich" verziehen. Sie hatten es ja nicht mit Absicht getan. Abends saßen wir noch ganz lustig zusammen und zwar so lange, dass sich noch alle über den Komfort von ausreichender Beleuchtung mittels unserer neuen Petroleumlampe freuen konnten. Die Jungs bettelten, sich diese doch ausleihen zu dürfen, um in ihrem Zelt noch Karten zu spielen. Wieder gaben wir nach.

Die Lampe wurde erst nach mehrmaliger Ermahnung zurückgegeben, jedoch in welch einem erbärmlichen Zustand. Das gute Stück war völlig verrußt, ein Docht war nicht mehr erkennbar. Diesmal meckerte ich nicht, sondern schrie! Sauwütend und verzweifelt muss das geklungen haben. Einer der Zeltnachbarn nahm die einstmals prächtige Lichtquelle schnell an sich und versprach hoch und heilig, den Schaden wieder zu beheben.

Am nächsten Morgen, (wir hatten lange geschlafen), stand die Petroleumlampe wundervoll glänzend und mit einem neuen Docht versehen vor unserem Zelt. Meine Schwester erkannte gleich, dass der bunte Docht aus einem Bademantelgürtel hergestellt worden war. Schreien hatte keinen Zweck mehr, denn unsere Zeltnachbarn waren spurlos aus ihren Zelten verschwunden. Den dritten Streich hätten wir denen nie verziehen.

Als wir beiden Schwestern uns die Haare im See wuschen, schmiedeten wir Pläne für die nächsten Urlaubstage. Wir wollten endlich unseren Freifahrtschein, der einen Gültigkeitsbereich bis Rostock hatte, ausnutzen. Es war gerade in der Zeit der turbulenten Ostseewoche. Endlich kam Freude auf!

Als wir von unserer erquicklichen Fahrt zurückkehrten, waren nun nicht nur die Knaben, sondern auch die beiden Nachbarzelte verschwunden. Wir guckten uns noch einiges in der schönen Urlaubsgegend an, wobei wir mit unserem Geld sehr haushalteten.

Als wir wieder den Treppenflur unseres Miethauses betraten, rief unser Vater schon von oben: „Habt ihr noch Geld übrig?" Wir hatten, aber verrieten es ihm nicht.

Pech gehabt

(70er Jahre)
Ingrid Ursula Stockmann

„Ich habe immer deinen Regelkalender bei mir - in meinem Portemonnaie", meinte Dieter vielsagend. „Ach, wie rührend", dachte Claudia, „er nimmt die Geburtenverhütung sehr ernst."

Ihr Freund passte also genau auf die fruchtbaren Tage auf. Na ja, sie wollte schließlich Zahnmedizin studieren. Aber manchmal spann er. Wenn ihr Liebster ihr ein Kind machen würde, würde er sie nicht verlieren. Wieso? Claudia wollte ihn doch auch nicht mehr missen.

Eines schönen Tages fuhren sie zu seinen Eltern nach Karl-Marx-Stadt. Diesen Besuch, zusammen mit seinem Schatz, hatte er sich so sehr gewünscht. Dieter betörte Claudia, war zärtlich, noch viel zärtlicher als sonst und verwirrte ihre Sinne. Hatte sie sich verrechnet? Nie wollte Dieter Sex in den womöglich empfängnisfähigen Tagen. „Meine Güte", dachte sie zu Hause, als sie selbst nachrechnete, „das war ja ganz schön knapp." Hoffentlich ging das gut. Sie musste sich ja künftig zeitweilig vor Dieters Wollust hüten, sonst würden noch ihre Zukunftsträume platzen. Wollte er denn nicht auch, dass sie studiert? Er war doch nie dagegen. Dieter studierte selbst an der Humboldtuniversität. Claudia beschloss, mit ihm nicht in den Urlaub zu fahren; vielleicht war sie ja noch nicht schwanger und könnte sich dann die Pille verschreiben lassen.

Als zukünftige Zahnärztin würde sie sich noch lange kein Kind leisten können und wollen; zu schwer wäre das, zumal ihr Vater für einen solchen Fall schon vorbeugend jegliche Hilfe durch ihn und seine bessere Hälfte ablehnte.

Als Claudia von ihrem Campingurlaub mit ihrer Freundin zurückkam, erzählte sie ihrem Liebsten bekümmert, dass ihre Regel ausgeblieben war. „Na ja, wenn du in den fruchtbaren Tagen mit mir schläfst, dann wirst du natürlich schwanger, das wusstest du doch vorher!" Claudias Pupillen weiteten sich. Wie jetzt? Und war da nicht ein barscher Unterton?

„Willst du mich heiraten?", fragte Dieter und guckte dabei so komisch. Claudia liebte ihren Freund immer noch und wollte das gemeinsame Kind mit ihm zusammen großziehen. Dieter meinte, sie solle sich das aber reiflich überlegen, denn er sei in der Partei. „Komisch, was hat seine SED-Mitgliedschaft denn mit unseren Heiratsabsichten zu tun?", dachte die werdende Mutter. Dieter nahm die Sache mit der Politik zu ernst und war sehr ehrgeizig, so ehrgeizig wie sie selbst. Er hatte sehr wohl Claudias fragendes Gesicht gesehen und erklärte deshalb geduldig, dass es die Partei nicht gerne hätte, wenn er eine Frau mit Westverwandtschaft heiraten würde.

Aber sie hätte doch gar keine persönlichen Kontakte, die Grenze sei doch sowieso dicht, wehrte sich Claudia. Schön und gut, auch Briefe schreiben dürfe sie nicht, das müsse sie ihm versprechen. Kein Problem; es bestand keinerlei Bindung; sie hatte die Verwandten in ihrer Kindheit das letzte Mal gesehen.

Die Hochzeit war lustig. Eine arme Studentenhochzeit, welche die Nachbarn aus Claudias Miethaus zum Staunen brachte. Die ausgebaute Dachwohnung mit ihren schrägen Wänden wurde zum Raumwunder. Aber für 100 Gäste war sie doch nicht geeignet. Nur wenige gingen bald wieder, um Nachrückenden Platz zu machen. Flugs brachte Dieter im Treppenhaus einen Lautsprecher an, dass die auf den Treppenstufen sitzenden Gäste auch noch Musik hören konnten.

Auf diesen „billigen Plätzen" war es genauso lustig wie drinnen. Speisen (Pfannkuchen) und Getränke wurden wie bei einer Arbeitskette beim Subbotnik von Hand zu Hand nach draußen gereicht. Vielleicht kam daher der Name „Nahrungskette".

In der Wohnung jubelte eine Mundharmonika; von Lippen geküsst, juchzte sie schließlich entzückt. Der Gitarre klopfte das Herz im Klangkörper immer schneller und ihre Saiten brachten die Finger des Spielers in Ekstase. Das Akkordeon ließ sich erotisiert quetschen.

Den Nachbarn wurde es allmählich doch zu laut; ihre Neugier hatten sie bereits befriedigt. Alle mäßigten sich, denn gedämpfte Freude ist besser als gar keine Freude.

Als schon alle Plätze und Treppenstufen bis zum nächsten Treppenabsatz besetzt waren, kamen noch einige Kameraden vom DRK, Grundorganisation Alexanderplatz. Kein Grund zu gehen, sagten sie sich und setzten sich auf darunterliegende Stufen. Es waren davon noch genügend übrig, denn die Wohnung von den Eltern der Braut befand sich in einem mehrstöckigen Miethaus.

Claudias und Dieters Augen glänzten um die Wette. Die Liebe konnte keine weiteren „Folgen" haben, denn es war ja bereits passiert. Alles schien in bester Ordnung.

Zu dem errechneten Geburtstermin musste Dieter zu einem „militärischen Einsatz", als Offizier der Reserve, wie er sagte. Warum ausgerechnet da? Der kleine Bengel wurde in Papas Abwesenheit geboren. Die Partei hatte recht behalten: „Ihre Frau kriegt das Kind auch ohne Sie."

Claudias Mutter war sehr glücklich über ihren ersten Enkelsohn. Endlich ein Junge! Sie hatte ja vier Töchter und eine Enkeltochter, da war mal Abwechslung nötig. Voller Freude verschickte sie Postkarten mit dieser guten Nachricht an all ihre Geschwister, auch die im Westen. So kam es, dass der jungen Mutti eine Glückwunschkarte von ihrem Westonkel ins Haus flatterte, ohne ihm selbst geschrieben zu haben.

Plötzlich verhielt sich Dieter sehr befremdlich. Er wirkte sogar irgendwie feindlich und schrieb einen bitterbösen Brief, dass er als Truppenführer abgesetzt werden sollte und daran sei Claudia, die gar nicht wusste, wie ihr geschah, schuld.

Schon davor war sie bei ihrem Mann ins Fettnäpfchen getreten. Claudia hatte das alles für ihre kleine Familie getan, sogar eine Eingabe an den Staatsratsvorsitzenden, Erich Honecker, geschrieben, damit sie die bescheidene Wohnung bekamen, eine Teilwohnung. Der Genosse Leguan habe es einsehen müssen, dass er bei all dieser Wohnungsknappheit die hinteren Räume, die er selbst nicht bewohnte, an Naumanns als „Teilmieter" abgeben musste. Dafür, dass sie so gekämpft hatte, schimpfte der Genosse Dieter seine junge Frau heftig aus. Wieso sie überhaupt eine Eingabe geschrieben und nicht darauf gewartet hätte, bis er mit einer Wohnraumvergabe dran gewesen wäre?! Es kam noch merkwürdiger, ja richtig frustrierend. Claudia sollte sich von ihrer Mutter lossagen, obwohl diese sich durchgesetzt hatte, ihren Enkel zeitweilig zu betreuen. So etwas musste er wohl verlangen, nur um der Partei zu gefallen? (Ihr Onkel „beging", als sie in der 5. Klasse war, „Republikflucht".)

Hatte Claudias Mann sich überhaupt um eine Wohnung bemüht? Es war nichts davon zu merken gewesen.

Bei Familie Leguan ging es sehr merkwürdig zu. Also willkommen war die junge Familie nicht, obwohl der Kleine wirklich sehr süß und lieb war. Ständig nahm Claudia diverse Zettel von ihrer Tür, welche sie nur erreichen konnte, wenn sie

Leguans langen Flur durchschritten hatte, ab. Darauf standen immer lauter Beschwerden. Beispielsweise war häufig zu lesen: „Sie sind an der Hausordnung dran."

Der Schwager von Claudia, von Beruf Tischler, amüsierte sich so sehr darüber, dass er ihr eine Keule, auf der „Hausordnung" stand, schnitzte und zum Geburtstag schenkte.

Diese hängte die Studentin an ihre Bar, die ihr Schwager als besonderes Schmuckstück in das lange, große Wohnzimmer mit nur einem kleinen Fenster, eingebaut hatte. Das war gut für Partys. „Frau Leguan konnte uns das Leben nicht vermiesen und das Lachen verging uns auch nicht", beteuerte Claudia Jahre später ihrer Mutter.

Es gab immer wieder etwas zum Lachen. Die junge Studentin der Zahnmedizin musste seit geraumer Zeit täglich auf ihrer Bar Staub wischen. Eigentlich sah es nach Sägemehl aus. Ob das von dem Holzschild kam, auf dem „Bar" stand?

Vorsichtig hob die Studentin die Borke, welche das Schild zierte, etwas an. Oh, eine Spur? Nun ging sie radikaler vor. Sie erwischte einen Wurm. Jetzt erst wusste sie, wie ein Holzwurm aussieht. „Den muss ich präparieren", dachte sich Claudia, fand Reagenzglas und hochprozentigen Alkohol und tat es. Ein wenig Mitleid verspürte sie schon mit dem kleinen Kerl und es packte sie fast die Reue. Doch schnell schlug das um in die Vorfreude darauf, die anderen Medizinstudenten zu veralbern.

Natürlich waren die Kommilitonen darauf hereingefallen. Die Antworten waren vielfältig. Selbst „Bandwurm" kam vor. „Aber überlegt doch mal", lachte Claudia, „ich habe hier einen Rundwurm und keinen Plattwurm." Schließlich musste sie selbst für die Auflösung des Rätsels sorgen.

Aber Claudia lachte nicht mehr lange. Eine Ehescheidungsklage flatterte ihr ins Haus. Sie war die Verklagte, ihr geliebter Dieter der Kläger. „Naumann gegen Naumann."

Die junge Studentin bat ihren Mann, den Scheidungstermin wenigstens auf den Monat September verlegen zu lassen, denn es standen die Prüfungen an. Das Physikum sei nicht ohne, meinte sie beschwörend. Und die Antwort? „Nein, im Sommer möchte ich wieder heiraten, dazu muss ich ja schließlich geschieden sein."

Es kam so! Vor der Scheidungsrichterin sagte Dieter aus: „Meine Ehe war ein Experiment." Da klappte selbst der Richterin der Unterkiefer runter.

Claudia wohnte nun allein mit ihrem Sohn bei Leguans. Einmal bekam sie Besuch. Zwei Männer! In ihrer Aufregung kam es ihr so vor, als hätten sie Uniformen an. „Wir kommen, um Sie zu überprüfen, ob Sie die Rundfunkgebühren entrichten", sagten die Herren bissig.

Auf die Frage nach dem „Wieso" meinten die Männer, dass sie jemand angezeigt hätte und wer, das dürften sie nicht sagen. Claudia dachte sofort an Genossen Leguan und erkundigte sich danach, ob er es gewesen sei. Da wurde sie aber angeherrscht, sodass es ihr die Sprache verschlug. Widerstand war zwecklos. Nun stotterte Claudia, dass sie gar kein Radio besitze. Und das Kofferradio da auf der Anbauwand sei doch sowieso defekt und gehöre eigentlich ihrem geschiedenen Mann. Sie müsste trotzdem zahlen, donnerte es in der Studentenstube.

Endlich hatte sich Claudia von ihrem Paralysiertsein erholt. Sie schritt wie erlöst zu dem Schubfach im Mittelteil der Anbauwand und holte die Zahlungsnachweise vor. „Warum haben Sie das denn nicht gleich gemacht?", schrie der eine,

98

während sich der andere noch mit dem Suchen nach ... ja, vielleicht nach einem versteckten Goldschatz zu schaffen machte. Wieso stellte er sich dazu auf einen Stuhl und suchte die Region oberhalb der Anbauwand ab? Und er machte sich am Radio zu schaffen.

Viel später, als Claudia längst Zahnärztin war, traf sie Herrn Meyer, den sie noch von früher kannte. Er erkundigte sich nach ihrem Ehemann. „Was?", wunderte sich der ehemalige Schöffe, „sie waren doch so ein glückliches Paar!"

„Na ja, die Richterin Satt konnte es auch nicht verstehen, wie Dieter sich benahm", sagte die junge Frau und bemühte sich um Gelassenheit. Herr Meyer guckte Claudia ganz komisch an. Und nach einer ganzen Weile sagte er: „Die Richterin Satt hat Stasi-Ehescheidungen durchgeführt." Claudia wurde ganz still. Wer waren die Nachbarn Leguan und wer war die „Partei"? Übrigens arbeitete Genossin Leguan bei der Postkontrolle, wie die Medizinerin später aus sicherer Quelle erfuhr. Das war weit nach der Wiedervereinigung der beiden deutschen Staaten. Aber an die schönen Zeiten in ihrer ersten Studentenwohnung denkt sie noch heute.

Das gerettete Kind

(Mitte der 70er Jahre)
Ingrid U. Stockmann

Am Hansering gab es mehrere Brunnen. Ich meine den großen, rechts neben dem Platz, wo immer die Tribünen für die politischen Massenveranstaltungen errichtet wurden. Zu dem Brunnen ging ich gern hin.

Dazu hatte ich wieder einmal Lust. Auch mein kleiner Sohn liebte das Wasser und stolzierte immer aufs Neue begeistert, übrigens sehr geschickt, am Rande des Brunnens entlang. Wenn er diesen schon von weitem sah, fing er an zu rennen. Bernhard war dann nicht mehr zu halten.

Eines Tages holte ich meine Schwester zu solch einem Spaziergang zum Brunnen ab. Mein Sohn blieb nicht lange in seinem Sportwagen sitzen. In der freudigen Erwartung des sprudelnden und spritzenden Wassers lief er los.

Leider wollte meine Schwester, gutgemeint, den kleinen Abenteurer aufhalten, bevor er den Brunnenrand erreichen und womöglich ertrinken könnte. Sie schaffte es! Kurz bevor Bernhard an dem gefährlichen Rand angekommen war, schnappte sie ihn, stolperte, verlor das Gleichgewicht und stürzte mit dem Kleinen nach vorn ins Wasser.

Nach der atemberaubenden Tauchaktion kam zuerst der kleine Bernhard am ausgestreckten Arm seiner Tante wieder zum Vorschein, dann die Retterin selbst. Inzwischen hatte ich, mit dem Kinderwagen hinterherrasend, das „Badebecken" erreicht. Ich entnahm den tropfenden Armen meiner Schwester das triefende Kind und wickelte es schnell in die Wolldecke, die im Wagen gelegen hatte.

100

Mir fiel nichts Dümmeres ein, als zu Bernhard zu sagen: „Wahr, das hat Spaß gemacht." Ergeben antwortete das nasse Bündelchen: „Ja." Ich drückte ihn innig und fühlte mich sehr erleichtert, da nichts Schlimmeres passiert war.

Meine Schwester trug einen grünen Hosenanzug aus Cord, der etwas heller als meiner war. Aber so nass sah nun ihr Anzug dunkler als der meinige aus. Wir wollten nicht, dass sich Bernhard erkältet. Deshalb flitzten wir durch die Rathausstraße über die Kleine Steinstraße zur Brüderstraße, wo die gestresste Tante wohnte. Ihr Anzug tropfte immer weiter wie ein nasser Sack, in welchem sich mit Wasser vollgesogene Schwämme befanden.

Ihre jungen Nachbarn, die sich nach dem Federballspielen auf der Eingangstreppe des Hauses Nummer elf ausruhen wollten, machten uns bereitwillig Platz, setzten sich wieder und sprangen verwundert hoch. Offenbar war ihnen die Treppe nun zu nass. Oder sie konnten uns stehend besser hinterherstarren.

Meine Schwester hatte teils merkwürdige, aber insgesamt sehr hilfsbereite Nachbarn. Doch waren wir in diesem Moment nicht auch ziemlich merkwürdig? Bei einer Frau klingelte sie, noch triefend, und fragte: „Haben Sie zufällig noch Kleinkindersachen im Haus?" „Für wen denn?" „Na ja, für meinen kleinen Neffen. Wir sind nämlich in einen Springbrunnen gefallen." Sie hätte es der neugierigen Nachbarin sowieso erzählen müssen, so gezielt wie deren Fragen immer waren. Außerdem würde Frau Helle ihre Tochter, die mit den Jugendlichen unten auf der Treppe gesessen hatte und mitbekam, was da für eine Fuhre ankam, genauestens ausfragen können. Den Grund für die tropfende Frau konnten sich die verblüfften Teenager wohl kaum vorstellen.

Die Kindersachen saßen nicht so richtig; ein Schulkind hätte besser darin ausgesehen. Aber sie waren trocken und retteten Bernhard vor einer Erkältung.

Eine weitere Nachbarin, die hinzugekommen war, bot sich an das Treppenhaus zu wischen. Meine Schwester, die wirklich so aussah, als ob sie Hilfe benötigte, nahm das freundliche Angebot dankbar an. „Ach, nichts zu danken, ich war sowieso mit der Hausordnung dran. Und die paar Stufen mehr, machen den Kohl auch nicht fett." Endlich konnte sie sich selbst etwas Trockenes anziehen.

Wegen der hilfsbereiten Nachbarn, aber auch aufgrund der vielen Junggesellen-Wohnungs-Partys, ist mir die Brüderstraße von früher noch heute in angenehmer Erinnerung. Allerdings sind die Häuser selbst sowohl innen als auch außen viel komfortabler. Die Treppenstufen lassen sich mit Sicherheit wesentlich besser wischen, was heutzutage eine Serviceleistung sein wird, die die Mieter mitbezahlen. Heute würde beispielsweise niemand mehr die Spuren einer stattgehabten Party (wegen des modernen Fußbodenbelags) mit einem Straßenbesen zusammenkehren. Die Bewohner sind heute wohlhabender und mehr für sich. Und den Brunnen am Hansering, der als „Tauchbecken" diente, gibt es auch nicht mehr.

Die Uhren tickten damals anders

(In den 70er Jahren)
Margit S. Schiwarth-Lochau

In der kleinen DDR - abgeschottet von der weiten westlichen Welt - waren diejenigen gut dran, die zwei Dinge besaßen: Beziehungen, vor allem zum Handel und Handwerk, sowie die D-Mark. Daran änderte sich auch nichts nach der „Wende" 1989/90. Neugierige, missgünstige Nachbarn mit allerlei Macken gab's und gibt es immer wieder, aber auch richtig gute Hausgemeinschaften.

Wohnraum war in der DDR ein begehrtes Gut. Mit 20 Jahren noch im schmalen Kinderzimmer bei den Eltern zu wohnen und sich dieses Zimmerchen womöglich noch mit einem Geschwisterkind zu teilen, erschien niemandem erstrebenswert. Die meisten jungen Leute hatten mit 20 ihre Berufsausbildung, bzw. mit 23 ein Studium abgeschlossen – Zeit, eine Familie zu gründen. Wer nicht verheiratet war oder kein Kind hatte, musste lange auf Wohnraum, oft zur Untermiete verdonnert, warten. Die ergattere Wohnung, wohl dem, der über „Vitamin B und D" verfügte, hatte meistens eine gründliche Generalüberholung nötig. Gut, wenn zum Bekannten- und Freundeskreis findige, handwerklich begabte Menschen zählten. Fernwärme und Bad waren in den 1970er Jahren nur in den Plattenbausiedlungen Standard. Viele Altbauten verfügten über Ofenheizung und WC - eine halbe Treppe tiefer für jeweils 2 Familien.

Erste eigene Wohnung

Im Haus, in welchem der alte Schulfreund mit seiner Mutter wohnte, standen zwei Dachkammern leer. Von der

103

Wohnungsverwaltung genehmigt, durfte sich der junge Handwerker Peter eine kleine Wohnung darin herrichten; ein helles, anheimelndes Wohnzimmer mit Ofenheizung und eine einfache Küche ohne Wasseranschluss. Auf dem Flur befand sich über einem uralten, unansehnlichen, gusseisernen Ausguss ein Wasserhahn.

Peters Junggesellenbude fungierte oft genug als willkommener Partyraum, was natürlich auch Ärger mit den Nachbarn brachte. Die Kerle benutzten den Ausguss gern als Pissoir, denn der Weg zum Klo war ziemlich weit. Zur Toilette musste man einen langen Flur durchqueren, um über eine Treppe hinunter in den Seitenflügel des Hauses zu gelangen. Dort befanden sich drei kalte, müffelnde, durch dünne Bretterwände voneinander abgegrenzte WCs. Bei Minusgraden froren die mangelhaft geschützten Wasserleitungen zwangsläufig ein. Schlimm war es, als sich nach einem Rohrbruch vor den Toiletten eine gelblich schimmernde Schlitterbahn bildete - Rutschgefahr, ohne Fußlappen ging nichts mehr.

Das sehr alte Haus befand sich in einem erbärmlichen Zustand. Dementsprechend wohnten im Seitenflügel - mit Blick zum verkommenen Hof - recht einfach gestrickte Leute, die redeten, wie ihnen der Schnabel gewachsen war. Zu denen gehörte Familie Muster, gesegnet mit vier Kindern. Nachbarn versorgten sie mit gebrauchter Kleidung, da brauchten sie nicht so oft zu waschen, denn es war genug da. Frau Muster arbeitete als Reinigungskraft und hatte nach der Arbeit für den Haushalt keine Kraft mehr. Herr Muster schuftete schwer als Kohlen-Hucker und fand Entspannung in der Kneipe gleich an der Straßenecke. Wenn bei Musters das Heizmaterial oder das Geld dafür alle war, eine Aktentasche voll Kohlen brachte er zwar täglich von der Arbeit mit, gab es einen Trick. Die Türen der Kohlenverschläge bestanden aus windschiefen Holzlatten. Mit einem langen Feuerhaken ließen sich die Briketts der Nachbarn herausangeln.

Nach einem Kneipenbesuch war der Muster-Mann meistens gut aufgelegt. Einmal schrie er schon im Treppenhaus nach seiner Frau: „Elsa, mach de Beene breet, ich will dich (f…)drücken!" Was dann folgte, war deutlich zu hören. Darüber beschwerte sich Nachbarin Wunderlich. Beide Frauen verfielen tags darauf in wüste Beschimpfungen. Bevor die Wunderlich ihr Fenster so zuknallte, dass eine Scheibe barst, der nette, hilfsbereite Peter setzte später eine neue ein, schrie sie noch: „Du zahnlose Schlampe, ich versteh' dich nicht, setze dir deine Zähne ein, bevor du mit mir red'st!"

Dem alten Haus konnte später doch noch geholfen werden, ebenso seinen ehemaligen Bewohnern - dank der „Wende" 1989/90.

Da war Rache nötig

(70er Jahre)
Ingrid Ursula Stockmann

Unsere Nachbarin beklagte sich oft bei meinem Mann über ihren Mann. Das kam nämlich so, weil sie erfahren hatte, dass die beiden Arbeitskollegen waren.

Dieser spindeldürre Kerl, der sich zudem noch einer überdurchschnittlichen Körpergröße rühmen konnte, machte sich immer einen Spaß daraus, die Kollegen hinterlistig mit seinem spitzen Zeigefinger in den Rücken zu stechen. Sie drehten sich dann wie von der Tarantel gestochen um, weil sie dachten, er hätte sie mit einem Schraubendreher gepiesackt.

Dieser Nachbar, man denkt es kaum, war ein Vielfraß. Und hier lag schon ein Teil des Problems. Der andere Teil?

Ja, immer wenn Besuch angekündigt war, da lag Herr Vogel schon auf der Lauer. Seine Frau konnte nämlich ausgezeichnet backen, kochen und braten. Nichtsahnend schob sie den leckeren Teig mit den Pflaumen in die Backröhre. Der Kuchen würde vor Beginn ihrer Nachtschicht noch rechtzeitig fertig werden. Herrlich, wie er schon duftete. Zufrieden ließ sie die Tür ins Schloss fallen.

Herr Vogel, der gerade von seiner Spätschicht kam, freute sich ebenfalls über diesen vorzüglichen Duft. Nicht nur das, ihm tropfte der Zahn. Blechkuchen war überhaupt seine Leidenschaft. Rasch und vorsichtig zugleich nahm er den noch nicht angeschnittenen Pflaumenkuchen in einem Stück vom Blech, sodass er ihn wie eine Schnitte zusammenklappen und hintereinanderweg verzehren konnte. Er schlief in dieser Nacht vorzüglich und träumte besonders süß.

Aber am frühen Morgen dieses Gezeter! Was für ein Theater um solch ein bisschen Kuchen! Was, Besuch? „Na back doch einen neuen", meinte er, dabei sogar noch grinsend. Wütend zeigte seine Frau ihm einen Vogel. „Ich weiß, wie ich heiße", sagte der unverschämte Kerl und fand sich noch witzig dabei.

Aber damit war es nicht genug. Einen Monat später sagte sich wieder Besuch an. Natürlich hatte Herr Vogel den Braten gleich gerochen. Welch eine Freude! Unser Nachbar entdeckte in der Backröhre eine ganze Ente. „Dieser appetitliche Vogel kommt mir gerade zur rechten Zeit; ich habe solch einen großen Hunger", freute sich der Dürre. Sehr oft musste er nicht kauen. Nachlässig schob der Gesättigte nach vollendeter Tat die Überreste der Mahlzeit wieder in die Backröhre.

Als seine Frau nach Hause kam, starrte sie ungläubig und entsetzt auf die Knochen. Sogleich lief sie zu uns rüber und klingelte in ihrer Not an unserer Tür. Die arme Frau bat meinen Mann um Hilfe, welche er ihr auch sofort zusagte. Selbstverständlich, denn das mit dem Vogel war ja wirklich ein starkes Stück!

Mein Mann beriet sich mit seinen Arbeitskollegen, die von dem dürren Elend auch die Nase gestrichen voll hatten. Sie steckten die Köpfe zusammen und freuten sich diebisch auf den nächsten Arbeitstag.

In der Kantine schmeckte es schon allen, wenn er nur kam. Jetzt meinten sie aber, wenn er doch nur bald käme! Ob der Plan gelingen würde, mit welchem sie dem Vielfraß das Handwerk legen wollten? Die Küchenfrau selbst erledigte alles so, wie die Kollegen es ihr aufgetragen hatten. Wie sie gestern grinste: „Prima, da freue ich mich schon auf die Essenausgabe!"

Nun war es soweit! Achtung, er kommt! Zuckersüß und wohlwollend lächelnd hielt ihm die Küchenfrau das Gefäß mit einer üppigen Schnitzelauswahl vor die Nase und stellte es dann für den Vogel gut greifbar ab. Nun durfte er sich ein Stück aussuchen.

„Aber bitte nur eins", meinte Frau Fleischhauer ermahnend. Es klappte! Natürlich schnappte sich der Gierzahn rasch das allergrößte Stück.

Aber was war denn das?? Ihm verging die Freude. Mit vollen „Backen" raste er zur Toilette, ganz erleichtert, endlich in das Becken kotzen zu können. Frau Fleischhauer hatte einen panierten Scheuerlappen unter die leckeren Schnitzel gemogelt!

Allerdings ist diese Erziehungsmethode in ihrer Anwendbarkeit jetzt eingeschränkt, weil es ja sein kann, dass der eine oder der andere Vogel diese Geschichte gelesen hat.

Der rücksichtslose Nachbar

Margit S. Schiwarth-Lochau

Mitte/Ende der 70er Jahre, zu DDR-Zeiten, war Wohnraum in den Städten knapp, obwohl viele Plattenbauten hochgezogen wurden. Für junge Leute (ohne Parteikariere) gab es die Chance auf die eigenen vier Wände nur, wenn man möglichst verheiratet war und Nachwuchs hatte. Für Gaby und Claus traf das zu. Hurra, endlich fürs Kind ein Zimmer und sogar ein Bad! Die beiden nahmen in Kauf, dass das Dach einer Reparatur bedurfte, was Claus notdürftig selbst erledigte.

Fernsehabend - plötzlich klingelte es. Gaby betätigte den Türsummer und öffnete. Wieso konnte der Mann schon oben vor der Wohnungstür stehen, hatte der Nachbar vielleicht wieder mal die Haustür offen gelassen? Der Fremde hielt ihr einen Wohnungsbesichtigungsschein vor die Nase. „Claus, kommst du mal!", rief Gaby nach ihrem Mann. Es stellte sich heraus, dass den jungen Leuten nur drei Zimmer zustanden, in das vierte musste ein Untermieter einziehen. Da war nichts zu machen, es war amtlich! Nur gut, er war ein Wochenendheimfahrer und als Gaby mit Baby Nummer 2 aus dem Krankenhaus kam, zog er aus. Es hätte alles perfekt sein können, wenn es nicht den „lieben" Nachbarn gegeben hätte.

Zuerst freuten sich die jungen Leute, dass eine Familie mit Kleinkind ins Haus einzog. Doch bald stellte sich heraus, dass der Kerl gewalttätig war und seine Lebensgefährtin schlug. Diese flüchtete mit ihrem Kind aus der Wohnung und ward nicht mehr gesehen. Bruno, so nannten die beiden ihren ungeliebten Nachbarn, wurde immer wunderlicher und sah zum Fürchten aus - lange graue Zottelhaare und einen Zauselbart. Oma

Neumann, die allein in ihrer Wohnung lebte, hatte regelrecht Angst. Nachts hörte sie dunkle Stimmen und klopfende, knackende oder ratternde Geräusche aus der Wohnung unter ihr. Bruno ging allen aus dem Weg, aber er machte sich eindrücklich bemerkbar. Abends ging manchmal das Licht aus. Nanu, Stromsperre? Aber nein, in den Häusern nebenan gab es Strom. Claus rannte in den Keller, um nach der Hauptsicherung zu sehen. Diese war durchgebrannt, heiß und befand sich ausgerechnet in Brunos Kohlen-Keller. Auch Bruno wollte die Sicherung wechseln. Die beiden Männer maßen sich mit bösen Blicken. Der nächste „Stromausfall" ereignete sich, als Gaby mit dem Baby allein zu Hause war. Sie schnappte sich eine Ersatzsicherung und stieg in den dunklen, muffigen Keller hinab. Mist, Brunos Kellerabteil war zu! Sie holte sich Werkzeug und schraubte die Halterung für das Vorhängeschloss kurzerhand ab. Plötzlich, ein Geräusch, Gabys Nackenhaare sträubten sich. Bruno! Sie blieb ganz cool: „Guten Abend!", grüßte sie mit eisiger Stimme. „Scheren Sie sich aus meinem Keller! Was machen Sie hier?", blaffte Bruno. Es folgte ein kurzer Wortwechsel, währenddessen Gaby scheinbar ungerührt die neue Sicherung einschraubte. „Einen schönen Abend noch", sagte sie und ging, dem Mann fest in die Augen blickend, an ihm vorbei. Nach einer Beschwerde bei der Wohnungsverwaltung war der Spuk vorbei.

Doch Bruno hatte noch andere Einfälle. Er drehte die Glühlampen der Flurbeleuchtung raus, stellte sein Fahrrad so an der Treppe ab, dass der Lenker auf eine Stufe ragte. Die Haustür ließ er offen - grundsätzlich! So kam es, dass aus dem Kinderwagen die Zudecke gestohlen wurde, ein paar Tage später war auch der Wagen weg. Wenn die Haustür abgeschlossen war, trat Bruno sie auf. Jetzt reichte es! Claus ließ einen neuen Haustürschlüssel anfertigen und nagelte diesen dem bösen Manne an die Wohnungstür.

Der Nachbar am Klavier

(Mitte-Ende der 70er Jahre)

Ingrid Ursula Stockmann

Es muss wieder mal eines der groß aufgezogenen Pfingsttreffen gewesen sein. Sigrids Kommilitonin wohnte um diese Zeit herum noch am Hansering, in einem Haus, das längst abgerissen worden ist.

Nach dem besagten Straßenfest der Freien Deutschen Jugend waren einige Stände und Bühnen noch nicht abgebaut, und es dämmerte schon der Morgen. Ein Klavier wurde am Fuße des Miethauses, mit der besagten Studentenwohnung, einfach stehen gelassen. Vergessen?

Das Instrument blieb nicht lange einsam und fand seinen Liebhaber. Das muss einer gewesen sein, der gerade seine Kneipentour beendet hatte. Begeistert schlug er immer kräftiger auf die Tasten und schrie: „Wie die Komsomolzen hau'n wir auf den Bolzen!"

Wer da noch schlafen konnte, war krank. Christina erfreute sich voller Gesundheit. Schlaftrunken taumelte sie zum Fenster und öffnete es, wodurch das Komsomolzenlied an Lautstärke gewann. Völlig entnervt stürzte sie in die Küche und überlegte: Ei oder Wasser?

Genau, als wieder „auf den Bolzen" ertönte, warf sie gezielt. Treffer! Der Bekleckerte schrie zum geöffneten Fenster hoch und drohte mit der Polizei.

Dem kam Christina zuvor. Auf den Streifenwagen mussten sie nicht lange warten. Der Komsomolzenanhänger „schlug dem Polizisten seinen Alkoholatem entgegen". Es gelang ihm mit schwerer Zunge sich über seine Nachbarin langatmig (!) zu beschweren, bis dem Polizisten der Geduldsfaden riss und er nach oben zu meiner Kommilitonin stürmte.

Auch der Ordnungshüter kannte das Komsomolzenlied. Er schüttelte sich aus vor Lachen und lobte den Einfall mit dem Ei.

Die Geschichte des Nachbarn Häuser

(Ende der 70er - Anfang der 80er Jahre)

Ingrid Ursula Stockmann

Wer kennt die Mansfelder Straße, wie sie mal war? Wer erinnert sich denn heute an die maroden Abrisshäuser?

Herr Häuser sicherlich! Er liebte diese Gegend mit dem Salinepark. Oft war er auch Badegast in dem gleichnamigen Freibad. Aber darum geht es nicht, ebenfalls nicht um das Salinemuseum oder die Halloren.

Viele Häuser mussten weg, auch weil ein neues Kaufhaus gebaut werden sollte. Der gute Mann war einer von den „Opfern". Neue Wohnungen waren knapp, und so schnell ließen sich die Häuser nicht „leer ziehen".

Herr Häuser blieb sehr lange in dem baufälligen Haus hocken, während sich seine Nachbarn schon auf und davon machen konnten. Eines Tages wäre er auf der Treppe fast gestürzt. Er griff voll ins Leere. Als der vereinsamte Mann sich festhalten wollte, fehlte doch das Treppengeländer. Schweinerei! So etwas Unwahrscheinliches kann man ja auch nicht gleich bemerken.

Aber besaß Herr Häuser nicht selbst diese selbstgeklauten, Pardon bitte, selbstgebauten gedrechselten Blumensäulen ... aus Teilen von Treppengeländern, natürlich aus alten Abrisshäusern? Sein Wohnzimmer zierte zudem ein schönes, in warmen Brauntönen gehaltenes Fensterbild. Dieses zeigte eine Eule. Wo gab es schon solche attraktive alte Bleiverglasung? In den Plattenbauten der DDR bestimmt nicht!

Herr Häuser überlegte, ob er sich selbst nicht auch noch von dem im 3. Stock übrig gebliebenen Stück Treppengeländer einige Teile organisieren sollte, ehe es dafür zu spät war. „Man

114

könnte auch formschöne Holzkerzenhalter daraus machen, vielleicht als Weihnachtsgeschenk für meine Schwiegermutter", sann er vor sich hin.

Jetzt musste Herr Häuser aber rasch zur Arbeit. Gleich morgen würde er loslegen. Sonnabends musste in seinem Betrieb nicht gearbeitet werden. Das war immer der Tag für seinen Hobbykeller.

Am nächsten Morgen bemühte sich der vergessene Mieter um mehr Vorsicht, denn er wusste ja, dass das Geländer bis zum 2. Stock geklaut war. Er stieg eben etwas vorsichtiger die halbe Treppe hinunter bis zum AWC (Außenwasserklosett). Mit geübtem Schwung öffnete er Tür und Hose.

Aber Herr Häuser erstarrte vor Entsetzen, bis er endlich dazu in der Lage war, sein Beinkleid wieder - und zwar unverrichteter Dinge - hochzuziehen. Nein, was er da sah, war keine Leiche. Nur gähnende Leere! Man hatte auch das Klobecken geklaut. „Die ziehen einem die Schüssel noch unter dem Hintern weg", schimpfte er laut.

Von einer Idee erleuchtet ging der brave Mann nach dem überstandenen Schock eine halbe Treppe höher, nahm seinen Dietrich und fand sichtlich erleichtert die Kloschüssel seines ehemaligen Nachbarn tatsächlich noch vor, sogar benutzbar!

Nach verrichteter Notdurft versah Herr Häuser die Klotür mit einem selbst gemalten Schild und schrieb darauf:
Hier wohnen noch Leute!!!

Sie hatten die Wahl

(Am Anfang der 1980er Jahre)
Margit S. Schiwarth-Lochau

Gaby musste als Unterstufenlehrerin sonnabends stets arbeiten. Claus hatte immer frei und betreute dann die Kinder. Der kleine Sohn war ein Jahr alt und noch nicht aus den Windeln - Baumwollwindeln, die noch ausgekocht werden mussten. Dieses Mal hatte der Papa Pech, die Dinger waren richtig voll, er konnte nicht so lange warten, bis Gaby nach Hause kam. Ein Würgen unterdrückend, schälte er das Kind aus dem übel riechenden Windelpaket und ließ dieses in den Kindernachttopf plumpsen. Badfenster auf, Topf außen aufs Fensterbrett, Fenster wieder zu. Interessiert verfolgte die dreijährige Tochter das Geschehen. Der Nachttopf stürzte ab. Zum Glück kam niemand zu Schaden. Die Saale, die hinter dem Haus vorbeizog, nahm das ungewöhnliche Schifflein ein Stück mit, bis es in einem Strudel verschwand.

Manchmal musste Gaby den Kleinen mit in die Schule nehmen. Die Mädels aus der vierten Klasse waren ganz wild darauf mit ihm zu spielen. Claus wollte übers Wochenende mit dem Trabi nach Berlin düsen, die Tochter sollte mit. Seine Mutter wohnte in der Hauptstadt und hatte Geburtstag. „Viel Spaß und schöne Grüße an die Oma. Claus, denke daran, dass ihr nicht so spät nach Hause kommt, am Sonntag ist die Wahl!" „Wenn ich da mal nicht hingehe, geht die DDR auch nicht unter", meinte er schmunzelnd. „Untersteh dich, das gibt Ärger!" „Okay, Süße, ich werde brav sein."

Am Sonnabendnachmittag besuchte Gaby ihre Schwester und blieb mit dem Kleinen gleich über Nacht. Ein heftiges Gewitter mit Sturmböen war niedergegangen und morgens regnete es

116

immer noch. Die junge Frau ahnte Schlimmes. Gleich nach dem Frühstück wollte sie nach Hause eilen.

Fassungslos betrachtete Gaby das einst so gemütliche Wohnzimmer. Die Decke hatte sich einen Spalt aufgetan und ließ muntere Wasserbäche über den Fernseher plätschern. An mehreren Stellen war Putz herabgestürzt. Pfützen machten sich auf dem Fußboden breit. „So ein Mist und Claus ist nicht da!" Zähneknirschend setzte sie ihren Sohn ins Laufgitter und rannte dann die Treppe runter zu Oma Neumann, der herzensguten Nachbarin. Diese grüßte etwas unterkühlt: „Ja, guten Tag auch, wird ja Zeit, dass Sie kommen. Sehen Sie sich mal die Wasserflecke an!" Mit Entsetzen stellte Gaby fest, dass das Regenwasser sich schon einen Weg in die nächste Etage bahnte. „Frau Neumann, bitte, wir können da nichts dafür, haben Sie noch einen Eimer oder eine kleine Wanne übrig? Kommen Sie bitte mit nach oben und sehen sich an, was da los ist!" Die beiden Frauen kämpften gegen das Nass, Decken und Handtücher wurden ausgebreitet. Eimer, Schüsseln und Wannen fingen Tropfen und Putzbröckchen auf. Das Pling, Plitsch, Platsch und Babyschreien ergaben eine schaurige Melodie.

Endlich kam Claus nach Hause. „Was ist denn hier los?" „Jetzt ist das Dach endgültig kaputt", schluchzte Gaby. Plötzlich klingelte es. Zwei Männer in Regenmänteln und Schlapphüten standen vor der Tür. „Guten Tag, wir möchten Sie daran erinnern, dass heute die Wahl ist. Sie haben bisher Ihre Pflicht nicht erfüllt. Es wird langsam Zeit." „Kommen Sie rein und sehen Sie sich die Sauerei an!", kreischte Gaby entnervt. „Helfen Sie mit, dann könnte ich ja zur Wahl gehen!" Die beiden heuchelten Verständnis und gingen wieder. Claus hatte seine Wahl schon getroffen: „Ich gehe nicht! Muss versuchen, das

Dach wenigstens notdürftig abzudichten." Gaby knickte ein. „Wenn ich nicht gehe, muss ich Spießruten laufen und kriege Ärger mit der Abteilung Volksbildung. Die haben mich sowieso auf dem Kieker, weil ich nicht in der Partei bin." 15 Minuten vor Schließung des Wahllokals faltete Gaby ihren Wahlschein und steckte ihn in die Wahlurne.

Campingurlaub im Harz

(in den 80er Jahren)
Bernd Stockmann

In meiner Kindheit sind wir oft in den Campingurlaub gefahren. Übernachten im Zelt war ein kleines Abenteuer und jeder konnte es sich leisten. Die einen hatten ihren Wohnwagen oder den berühmten Klappfix, die anderen kamen mit dem Zelt. Aber allen gemein war das Ziel, sich an der frischen Luft und in der freien Natur zu erholen.

In diesem Jahr hatten wir beschlossen an einen See im Harz zu fahren. Nach ersten kleinen Schwierigkeiten, den von der Landstraße abzweigenden Feldweg zum Campingplatz zu finden, kamen wir auch gut gelaunt dort an.

Leider war der erste Eindruck recht übel, vor allem riechend, aber auch der Anblick ließ zu wünschen übrig. Was man zuerst sah, war eine Reihe von Plumpsklos, die offenbar bis zum Rand gefüllt, schon lange nicht mehr benutzt werden konnten. Dafür musste jetzt der nahe gelegene Waldrand herhalten. In den Büschen und Bäumen wehten uns, die zu DDR-Zeiten üblichen, im Volksmund auch „Schmirgelpapier" genannten, grauen und blass-roten „Krepppapierstreifen", zu. Ein wenig braun war auch darauf zu erkennen, und es roch nach einer Mischung aus Ammoniak und der braunen Reviermarkierung.

Den ersten Eindruck noch verdauend, bekamen wir einen Platz zwischen einem Bastei, einem QEK Junior und einem Klappfix zugewiesen. Dort standen wir nun mit unserem kleinen Spitzdachzelt aus der üblichen schweren Baumwolle und fingen an aufzubauen. Nicht nur, dass wir hier keinen Seeblick hatten, gab es noch ein weiteres Problem. Unsere gerade erst dazugewonnenen neuen Nachbarn machten uns freundlicher Weise, nachdem wir alles aufgebaut hatten, darauf aufmerksam, dass wir genau neben einem Erdwespennest standen. Das Eingangsloch war gut besucht, und so konnten wir dort nicht bleiben.

Nachdem uns gnädiger Weise ein anderer Platz am gegenüberliegenden Seeufer und zu unserem Glück auch weit weg von der Kloreihe zugewiesen wurde, wanderten wir mit Sack und Pack hinüber. Die Wiese war leer, der Seeblick wunderbar und ein Wäldchen grenzte hinten an. Wir entschieden uns für einen Platz am Rand der Bäume in einer kleinen Lichtung und bauten wieder auf. Nur ein Zeltnachbar mit seiner Familie war in unserer Nähe. Die kleinen Markierungen an einigen Bäumen hatten wir nicht bemerkt.

Kaum fertig mit dem Aufbau, kam ein aufgeregter, ja fast wütender Mann im grünen Anzug aus dem Wald. Es war der Förster und er schrie schon von weitem: „Hier können Sie nicht bleiben!"

Als er bei uns und der anderen Familie ankam, fügte er nun etwas ruhiger hinzu: „Das ist ein Naturschutzgebiet und der Campingplatz endet bei den Markierungen an den Bäumen, welche direkt an die Wiese grenzen." Darauf erwiderte der Familienvater unserer Nachbarn entsetzt: „Aber, lieber guter Mann, das können Sie doch nicht mit uns machen!"

Es half aber nichts. Beide Zelte mussten runter auf die Wiese. Wir trugen diese gemeinsam mit unseren Nachbarn, „vier Mann vier Ecken", aufgebaut wie sie waren, in die Nähe eines langen Gebüschs, wo wir alles wieder festmachten.

Endlich war es geschafft, wir waren angekommen, der Abend dämmerte und es wurde noch ein schöner Urlaub. Wir genossen den See, den Wald und einige Ausflüge im Harz.

Am Ende des Zelturlaubs ging dann auch noch eine Luftmatratze verloren. Sie blieb auf dem Windschutz unserer Nachbarn hängen. Aber das ist eine ganz andere Geschichte...

Wühlratten im Keller?

(Ende der 80er Jahre)
Margit S. Schiwarth-Lochau

Es klingelte an der Wohnungstür. Frau Philipps, eine freundliche Rentnerin, die für die Kinder gern Süßes bereithielt, stand draußen und sagte: „Guten Tag Frau Hofmann, ist ihr Großer zu Hause? Ob der mal mit in den Keller kommen kann? Ich habe etwas Angst, es muss da unten Wühlratten geben." „Ich habe noch nichts bemerkt", sagte die junge Frau. „Doch, doch, gucken sie mal in den Hof runter, lauter Erdhaufen bis zum Kellereingang!" „Na, das sieht mir eher wie Maulwurfshügel aus. Doch wo kommt mitten in der Stadt ein Maulwurf her?" Ihr 10jähriger Sohn begleitete die alte Dame in den schrecklichen Keller und trug ihr gleich noch den Kohleneimer hoch. Da unten war alles in Ordnung.

Ja, aber woher der Maulwurf kam, ließ sich auch noch klären. Der Junge erinnerte seine Mutter: „Du weißt doch, als wir vorige Woche zur Arbeitsgemeinschaft ins Pionierhaus wollten, konnten wir wegen des Hochwassers nicht auf die Peißnitzinsel gelangen." „Ja, stimmt, ihr wolltet einen Maulwurf, der aus seinem Hügel kletternd in das Saalewasser stürzte, vor dem Ertrinken retten. Ihr brachtet das halbtote, nasse Tierchen in einer alten Kaffeetüte mit nach Hause." „Und du hast gemeint, wir sollten ihn auf den Hof bringen und auf der Wiese absetzen." „Ich hätte nicht geglaubt, dass der kleine Maulwurf überlebt", sagte die Mutti.

Wenige Tage später gab es auch keine frischen Erdhaufen mehr. Nachbars Katze hatte wohl Jagderfolg gehabt.

Die Sommer-Feuerzangen-Bowle

(Sommer 1997)
Bernd Stockmann

An einem recht kühlen Sommertag rief mich mein Freund Jonas an: „Was machen wir heute Abend?"

„Also für den Biergarten ist es zu kalt. Man könnte ja meinen, es wäre Winter", sagte ich lachend. „Da können wir auch gleich eine Feuerzangenbowle machen."

„Du nun wieder", antwortete er erstaunt. „Kasten Ur-Bock dazu?"

„Na klar, lass uns loslegen."

Also besorgten wir alles Nötige und luden ein paar Freunde dazu ein. Auch Torben war dabei. Er ist zwar etwas schlicht vom Gemüt, aber ein herzensguter Kerl und für jeden Spaß zu haben.

Wir setzten uns zusammen ins Wohnzimmer, den Kasten Bock-Bier an der Seite, das Knabberzeug auf dem Tisch. Dazu noch etwas schöne Musik, nichts Weihnachtliches. Auf dem Herd in der Küche stand ein Topf mit trockenem Rotwein. Nun war es soweit, ich holte alles herbei, was wir für unsere „Sommer"-Bowle brauchten.

Unsere Freunde staunten nicht schlecht: „Ihr seid ja verrückt." Wir hatten dieses kleine Detail der Party als Überraschung für uns behalten.

Jetzt kam der Wein in den Kessel, dazu ein paar winterliche Gewürze und Apfelsinenspalten. Zitrone ran, denn gleich kam ja noch jede Menge Zucker. Das Ganze stellte ich auf den Spiritusbrenner, legte die Feuerzange auf und hielt zwei Zuckerhüte und hochprozentigen Rum bereit.

Nun war es an der Zeit den Spiritus einzufüllen und der Bowle weiter einzuheizen. Gesagt, getan, und angezündet. Leider bevor ich den Brenner wieder unter den Kessel setzte. So kam es, wie es kommen musste und etwas von dem brennenden Spiritus lief aus. Zu Glück hatte ich wie immer vorsichtshalber ein Tablett unter die Feuerzangenbowle gestellt, um im Fall der Fälle Schlimmeres zu verhindern.

Ich saß auf dem Zweisitzer und Torben rechts von mir in einem Sessel. Jetzt musste ich schnell handeln. Ich zog mir die Topfhandschuhe über und nahm die gesamte Bowle vom Tablett, nachdem ich den Brenner gerade gerückt hatte. Jetzt wartete ich einen Moment, bis der brennende Spiritus nicht mehr herabtropfte und stellte die Feuerzangenbowle auf den Boden neben Torbens Sessel. Nun wollte ich nur noch das brennende Tablett wegbringen und in der Küche löschen. Dabei fiel mein Blick auf die an zwei Stellen brennende Armlehne des Sessels, in dem Torben immer noch regungslos saß und zuschaute, wie sich die Flammen ausbreiteten.

Ich fragte ihn: „Willst du das Feuer nicht mal löschen?"

Darauf er trocken: „Mit Spiritusfeuer kenne ich mich doch nicht aus."

Nachdem die Aufregung sich gelegt hatte, war es dann noch ein schöner Abend, an den alle immer wieder gerne zurückdenken und darüber lachen. Außer Torben!

Die Nachbarn aus dem Dorf

(Anfang des 21. Jahrhunderts)

Ingrid Ursula Stockmann

Die Biologin Dr. Fauna zog aufs Dorf. Ihr waren die vielen netten Behinderten aufgefallen. „Ah, in der Nähe gibt es das Wohnheim", bemerkte sie. Es waren hilfsbereite junge Leute.

Ihr begegneten aber auch ältere Dorfbewohner, die offenbar nicht gern Zuwachs aus der Stadt in ihrer Gemeinde hatten. „Merkwürdig", dachte Dr. Fauna, „als ob sie ihr Dörfchen in Privatbesitz genommen haben oder bloß neidisch sind." Der eine von den Alteingesessenen lief immerfort mit einem Fotoapparat am Zaun ihres Grundstücks entlang. Na ja, die Hecken werden noch wachsen. Wie lange eine Ligusterhecke zum Wachsen benötigt, war der Biologin selbstverständlich bekannt. „Was soll's", seufzte Dr. Fauna. Ein Radfahrer lenkte sie von ihren Überlegungen ab. Trug dieser etwa auch einen Fotoapparat bei sich?

Nein, er guckte nur grimmig und schien die Nase ziemlich hoch zu tragen. Von ihm hatte sie schon gehört, dass er reich, eingebildet und cholerisch sei. „Sicher nur Vorurteile, die ihn böser machen, als er in Wirklichkeit ist", sann sie nach.

Der ebenfalls neu hierher gezogene Nachbar war nett. Er machte immer Späßchen am Gartenzaun. „Hallo, Dr. Fauna, ich habe ein großes schweres Paket für sie angenommen", rief er sie gestern an den Zaun. Es war tatsächlich ein Riesenkarton.

Er stemmte ihn hoch über den Zaun und legte das Unikum vorsichtig der kleinen Frau auf ihre angewinkelten und stark angespannten Arme. Sie hätte das Paket beinahe hoch in die

Luft geschmissen, so leicht war es. (Ob da die von ihr bestellte Armbanduhr drin war? Wundern würde sie das nicht mehr.)

Aber die Frau des Nachbarn sah das alles überhaupt nicht gern, was nicht zu übersehen war. „Verdammt noch mal, ich bin nicht verheiratet", dachte die Frau Doktor.

An einem anderen Tag klingelte es bei der Biologin Sturm. Sie saß gerade in der Badewanne, weshalb ihr Sohn die Tür öffnete.

Das Klingeln hörte gar nicht mehr auf. „Doch, jetzt hat es aufgehört", räkelte sich die Badenixe erleichtert in ihrer Wanne.

Das kam nämlich so: Julian hatte sofort die Ursache des Sturmklingelns, welches in einen Dauerklingelton überging, erkannt.

Es war ihm egal, was der erwachsene Mann da an der Tür rumschrie. Gelassen zeigte er auf den steckengebliebenen Klingelknopf und wartete gelangweilt, bis der wutschnaubende Nachbar den verklemmten Knopf wieder herausgezogen hatte. „Meine Mutter ist in der Wanne, kommen Sie am besten morgen wieder, es ist schon spät", war Julians Antwort auf die für ihn unverständlichen Schimpfkanonaden. Julian Fauna brachte so schnell nichts aus der Ruhe. „Hoffentlich gibt es hier einen Jugendclub mit coolen Typen", dachte er so bei sich.

Es war Wochenende. Frau Fauna nahm sich erst Zeit für die Gartenarbeit und dann zum Zusammentragen von Papier, wie Packpapier, Zeitungspapier und ähnliches, also Verpackungsmüll, noch vom ausgepackten Inhalt aus den letzten Umzugskartons. Einige Fachzeitschriften benötigte sie auch nicht mehr. Die Wissenschaftlerin bekam diese regelmäßig zugeschickt. Auf den Rückseiten klebten noch die Aufkleber mit ihrer alten Anschrift. „Ach, die wurden in der Eile alle mit eingepackt", dachte sie.

Gerade wollte die Biologin den Papiermüll über die Straße und dann um die Ecke zum Papiercontainer schleppen. Es lohnte sich nicht, dafür extra das Auto aus der Garage zu holen. Aber der Weg blieb ihr erspart. Ein netter junger Kerl, der unweit von dem Containerplatz im Wohnheim lebte, bot sich an das Papier zum Container zu bringen. Frau Fauna bedankte sich lächelnd dafür.

Was sie nicht wusste war, in welchen der Großbehälter der Hilfsbereite das Altpapier stecken würde. Am nächsten Morgen, es war ein Sonntag, hing an ihrem Gartenzaun eine große Plastiktüte mit einem daran befestigten Zettel, auf welchem stand:

Sehr geehrte Frau Doktor Müll
gehört nicht in
den Kleider-Container

Na, da hatte sie es wieder einmal. „Ich kann ja froh sein, dass mich hier keiner verprügeln will, sicher weil ich eine Frau bin", wollte sich die Biologin selbst etwas aufmuntern. Solche Geschichten hatte sie bereits gehört, dass ein Dorfbewohner einen Neuankömmling aus der Stadt mit seinem Knüppel empfangen hätte.

„Na ja, dann bin ich doch lieber bloß die Frau Doktor Müll; an Müll haben sich schon viele Menschen gewöhnt", seufzte sie ergeben. Ein vorübertrabendes Pferd nickte dazu. Die Reiterin grüßte freundlich zurück.

„Ach", fasste die Biologin die Ereignisse der letzten Tage zusammen, „da haben wir es wieder; der Maximus mit seinem Fotoapparat übt Macht und Kontrolle aus, der Schimmelpfennig auf seinem Fahrrad hat Geld und spielt sich auf und meine

128

eigentlich nicht unsympathische Nachbarin befürchtet, dass ich ihren Mann vernasche." Die Frau Doktor wusste, dass sich die zwischenmenschlichen Rangeleien um die drei Themen „Geld bzw. Geltung, Macht und Sexualität" drehen, egal wo man auch hinkommt. Sie hatte nämlich nicht nur ihre Fachliteratur, sondern auch Freud[9] gelesen.

Inzwischen ist Frau Doktor Flora, geb. Fauna, mit Julian in den Saalekreis gezogen. Dort sind die Menschen überwiegend freundlicher und die Stiesel wohnen weiter weg. Oder liegt das an Herrn Doktor Flora, den sie geheiratet hat?

---

[9] Sigmund Freud ist der Begründer der Psychoanalyse.

Wohnen in der Platte

(10er Jahre des 21. Jahrhunderts)
Margit S. Schiwarth-Lochau

Bunt gemischt ist die Hausgemeinschaft: zwei ältere, alleinstehende Damen, drei türkische und mehrere deutsche Familien sowie ein junges Paar. Im geräumigen Eingangsbereich des Wohnblocks stehen zwei Kinderwagen, liegen Fahrräder und Roller verquer, sodass man darübersteigen muss, um zur Treppe zu gelangen. Verschiedenste Essensgerüche, Zigarettenqualm, Techno- und Volksmusik, Hundegebell, Kinderlachen, zeternde Frauenstimmen sind allgegenwärtig. Vor den meisten Wohnungstüren stehen Schuhe.

In der Dreiraumwohnung, direkt unter den jungen Leuten, wohnt eine fünfköpfige Familie, die unverschuldet von Hartz IV leben muss und selten außer Haus geht. Leider ist es in der „Platte" sehr hellhörig. Deutlich können sie Nachbars oft genutzte Klospülung, die Waschmaschine, den dröhnenden Staubsauger und andere Aktivitäten unterscheiden. Oft rennen die Kinder noch spät abends geräuschvoll durch die Wohnung. Neulich war nachts ein deutlich wahrnehmbares Fiepen und Wimmern und bald darauf die Kindesmutter zu hören, die ungeduldig schrie: „Ich habe kein Bock mehr, ihr sollt endlich schlafen!"

Im Sommer, wenn Fenster und Balkontüren offenstehen, haben nicht nur Wände Ohren. Der Familienvater übt mit seinem Vierjährigen die Farben: „Welche Farbe ist das?" „Blau", antwortet der Kleine. „Grün", verbessert der Papa. Und nochmal: „Welche Farbe?" „Drün", gibt das Kind zur Antwort. „Grün!", brüllt der Mann erbost, sodass der Junge zu weinen beginnt. Das Baby stimmt ein. Ungerührt setzt der Vater seine Lektion fort

130

und die Nachbarn fiebern mit. „Wie heißt das?" „Grün!", ruft ein Mann aus dem Nebenhaus.

Höllenlärm

(Anfang des 21. Jahrhunderts)
Ingrid Ursula Stockmann

Marvin lernte bei einem Gaststättenbesuch in einer Studentenkneipe seine Annika kennen. Sie machte ihm schöne Augen. Und es passte!
Nun hegten die beiden den Wunsch in eine gemeinsame Wohnung zu ziehen. Annikas Einraumwohnung in einem Plattenbau war zu klein.
Aber im selben Haus wurde eine 2½-Raum-Wohnung frei. Die Miete war erschwinglich, denn eine Sanierung wurde lange nicht vorgenommen, wahrscheinlich sogar nie.

Egal, hier hätten sie richtig viel Platz, dachte sich Marvin und klotzte sich gleich ran. Seine Familie half beim Renovieren. Einige Tapetenbahnen hingen bereits schlaff von den Wänden, andere schienen sich hartnäckig festzukrallen. Marvin bekam einen Tipp und besorgte sich ein Spezialgerät, welches wie eine mit Metallstacheln versehene Metallrolle aussah. Über die Betonwände gerollt, sollte das Gerät die Tapeten so durchlöchern, dass sie schließlich mit Hilfe von Wasser von ihrem Untergrund loslassen würden.

„Irgendetwas muss an dem Tipp nicht richtig sein", dachte sich Marvins Mutter, „und laut ist das Ding, aber die Nachbarn wissen ja Bescheid."
Ein schrilles Klingeln ließ alle zusammenfahren. Ein Nachbar mit einem grobschlächtigen Gesicht schnaubte vor Wut und verlangte das sofortige Einstellen der Renovierungsarbeiten. Er wolle in den nächsten 14 Tagen keinen Laut mehr von Marvin hören.

132

Der Student lachte bitter: „Wie soll das denn gehen, ich kann 14 Tage still sein und danach anfangen zu renovieren, dann haben sie den Krach doch nur später. Der Vermieter weiß Bescheid, und ich habe mich informiert, in welchen Zeiten Ruhe eingehalten werden muss. Er riet mir, falls es mal später werde, einzeln mit den Nachbarn zu sprechen, was ich in Ordnung finde. Also was wollen Sie von mir?" Der Mieter gebärdete sich jetzt schlimmer als Rumpelstilzchen, welches er natürlich an Größe, Masse und Lautstärke locker übertraf.

Marvin zog seine Konsequenzen und vorübergehend doch in die Wohnung seiner Freundin, wo beide zwar sehr beengt, aber in Ruhe leben konnten. Es sollte ohnehin eine Übergangslösung sein. Bis zum Ablauf der Kündigungsfrist verblieben einige Möbel in der besagten Wohnung.

Später erfuhr er von einem netten Mieter etwas über den weiteren Verlauf. Dieser hatte von dem Grobschlächtigen im Treppenhaus ein Gespräch aufgedrängelt bekommen: „Der Herr Maler ist immer so laut in seiner Wohnung, ich möchte nur wissen, was er da immer macht, und öffnen tut der auch nicht mehr!"

„Der Herr Maler ist schon seit 14 Tagen ausgezogen."

Frau Guter und Frau Rath

(In den 10er Jahren des 21. Jahrhunderts)
Ingrid Ursula Stockmann

Zanken kann man sich auf verschiedene Arten und Weisen. Manchmal sind Nachbarn sich wirklich nicht spinnefeind, sondern eigentlich befreundet und kriegen sich trotzdem in die Wolle, wie ich neulich hörte. Ja, es können bei zwei Streitparteien zwei wunde Punkte aufeinandertreffen.

Bei Frau Rath klingelte es. Ah, die Nachbarin mit der Zeitung in der Hand. Sie ist ja so aufgeregt! „Was ist denn los?", wollte die Rathen von ihrer Besucherin wissen.

„Stell dir vor, Birgit, bei mir war ein Staubsaugervertreter", schnaufte sie wütend. „Und was ist passiert?", hakte Birgit Rath nochmals nach. „Na, das kann ich dir sagen, der wollte mir unbedingt seinen Staubsauger Marke ..., ach wie hieß die gleich, irgendwas mit ‚K', aufdrücken", platzte sie bald vor Wut. Frau Rath war begierig, noch nähere Umstände zu erfahren, denn solche Leute schmeckten ihr auch.

Sie solle sich das mal vorstellen, meinte Frau Guter, der Vertreter sei an ihre Schränke gegangen. Nun waren beide Frauen hoch empört.
Der feine Herr hätte die Küchenschranktüren aufgerissen und höhnische Worte ausgestoßen. „Sie haben aber viele Putzmittel", hätte er gesagt und dabei noch verächtlich den Mund verzogen. Das führte dazu, dass Frau Guter sich rechtfertigte und ihm die Notwendigkeit der Verwendung ihrer Schätze haarklein erklärte.

„70% ihrer Putzmittel können sie wegwerfen, wenn sie dieses Dampfreinigungssystem ...", holte er weiter aus. Nun konnte Frau Rath bei diesen Schilderungen vor lauter Empörung nicht mehr an sich halten. Im Unterbewusstsein brodelten die vielen selbst erlebten Grenzüberschreitungen und Kränkungen in ihrem eigenen Leben. Das viele Unrecht! „Ich hätte dem paar Takte erzählt, mit mir hätte der sich das nicht erlauben können, den hätte ich rausgeschmissen", ereiferte sie sich. Jetzt hatte Frau Guter eine Zornesfalte auf der Stirn, die sich nicht auf den Staubsaugervertreter bezog. „Du weißt wohl wieder alles besser, du denkst wohl ich bin blöde, warum haust du mich so zur Bank, ich hab' das ja längst abgehakt mit dem blöden Vertreter", rechtfertigte sich die Nachbarin im Gegenangriff.

Frau Rath war nun empört, warum sie ihr das dann überhaupt erzählt hätte, wenn es bereits abgehakt wäre, denn jetzt habe sie sich nämlich die Jacke angezogen und sei so wütend auf den Vertreter, dass sie bestimmt die ganze Nacht wieder nicht schlafen könne. Aber die Nachbarin Guter wollte der Rathen nicht schaden, nein, auch sie reagierte auf einen wunden Punkt in ihrer Lebensgeschichte. Ein Leben lang musste Frau Guter beweisen, wie toll sie war.

So „runtergemacht" schnappte sie nach Luft, beruhigte sich wieder und sagte, auf ihre Zeitung weisend: „Ich kam in friedlicher Absicht!" Darüber mussten die beiden Streithähne oder etwa Streithennen so lachen, dass sie sich noch einig wurden und für die nächsten Tage wieder vertrugen.

Das war so, als hätten die beiden „Indianer" Guter Pfeil und Weiser Rath zusammen eine Friedenspfeife geraucht und könnten sich jederzeit eine neue anzünden.

Fette Beute?!

(In den 10er Jahren des 21. Jahrhunderts)
Ingrid Ursula Stockmann

Meine Schwester ist Ärztin. Als Biologin interessiere ich mich natürlich auch für medizinische und psychoanalytische Probleme. Gern sitze ich mit ihr abends in unseren Gärten oder gemütlichen Häusern, die nur wenige Gehminuten voneinander entfernt liegen. Unsere Erlebnisse werden dann zu oft tragisch-komischen und lustigen Geschichten. Schwarzer Humor als Gewürz kann ruhig dazugegeben werden.

Meine Schwester Sigrid hatte kurz vor dem Jahreswechsel ein unverhofftes Erlebnis. Dieses war mal wieder eine weitere Perle in der Perlenkette des Lebens. Schwarze sehen ja auch gut aus.

In dem Haus, wo sich ihre eigene Praxis befindet, gibt es bunt zusammengemischte Nachbarn, nämlich zwei Augenärzte in gemeinsamer Niederlassung, einen Schichtarbeiter mit roter Katze, welche gern Sigrids Praxisbalkon besucht und eine vierköpfige Familie. Schon von dieser Seite ist immer was los.

Was meine Schwester später durch die Recherchen der Polizei erfuhr war, dass nicht nur sie und die Augenärzte am Jahresende Urlaub hatten, was ja durch die Urlaubsschilder unverkennbar war, sondern auch die Familie weggefahren und der Schichtarbeiter gerade mit der Nachtschicht dran war. Man hatte das Haus wohl schon tagelang im Visier und auf eine solche Gelegenheit gewartet.

Am Ende eines jeden Quartals und somit auch eines jeden Jahres ist immer die Quartalsabrechnung fällig, die übrigens ständig komplizierter und aufwändiger wird. Neue Abrechnungsmodi lassen nie lange auf sich warten. In dem besagten Jahr musste meine Schwester auch ein Stückchen von ihrem Urlaub dieser Arbeit opfern. Aus Gründen von Zeitersparnis übernachtete sie gleich mal in ihrer Praxis in der Stadt, um sich am nächsten Morgen frisch wieder ranzuklotzen, denn es sollte ja noch genügend Urlaub übrig bleiben.

Nun aber erst mal genug gearbeitet, sagte sie sich und wandte sich der Durchsicht der kleinen Weihnachtsgeschenke ihrer lieben Patienten zu. Sie hatte diese bei ihrer alljährlichen, für die Patienten kostenlosen Feier als ein kleines Dankeschön erhalten. Wer wittert hier schon wieder Bestechung und Korruption? Nein, das gibt's doch nur in den Medien!

Sigrid suchte sich zur Versüßung des Abends drei Dinge heraus: eine Flasche Murfatlar, die schöne DDR-Erinnerungen wieder aufleben ließ und einen Pralinenkasten. Meine Nachbarin trank den besagten Wein sehr gern. Eines späten Abends kam sie angeheitert nach Hause und schwärmte von einem süßen Wein - na wie hieß er doch gleich, ach ja, „Mufatilator". Und das dritte Geschenk?

Sigrid schmunzelte noch über meine ihr in Erinnerung gekommene Nachbarschaftsgeschichte, als sie zu dem Päckchen in Buchgröße griff. Oh, welche Freude, schöne Studienerlebnisse stiegen hoch. In der Vorlesungsreihe Medizingeschichte erfuhren die Studenten Interessantes über den Arzt und Schriftsteller Richard Volkmann, der 1870/71 Generalarzt der Preußischen Armee war und während seines Einsatzes in Frankreich für seine Kinder so wunderschöne Märchen geschrieben hatte. Leander war sein Pseudonym. Der Dozent empfahl den Studenten, dieses Buch unbedingt einmal zu lesen. Aber Sigrid hatte zeitig, nämlich bereits als Studentin, eine Familie gegründet, sodass es bei ihr bei dem „unbedingt einmal" blieb.

Nach dem Genuss eines Glases Murfatlar und einer Praline war ihr Bedarf an Süßem schnell gedeckt und sie las Volkmann-Leanders „Träumereien an französischen Kaminen" als Neuauflage. Muss wirklich ein noch größerer Genuss gewesen sein. Wer kennt das denn nicht, ganz zufrieden mit einem Buch in der Hand einzuschlafen.

Ihr schwarzes Ledersofa wurde von der kaum noch genutzten Analytikercouch zu einer fast gemütlichen Schlafgelegenheit. Aber nicht lange!

Sigrid wurde von krachenden Geräuschen über ihr jäh aus dem Schlaf gerissen. Welch gewaltige Energie wurde da frei?! Gefahr!!! Aber was konnte das sein? Eine Explosion wohl nicht! Einbrecher??? Quatsch! Aufstehen? Nein, jetzt war es doch still. Vielleicht ein Traum.

Sigrid wollte weiterschlafen, der Schlaf war süß. So schnell, wie die Dinge sich ereigneten, konnte sie gar nicht richtig wach werden.

In ihrem Sprechzimmer befand sich kein Telefon. Es hätte ja genügend mobile Festnetzgeräte oder auch ein elektronisches Plaudertäfelchen, welches sie übrigens in solcher Funktion nie benutzt, gegeben. Sigrid hielt es nicht für nötig, ein Telefon neben ihre Schlafstätte zu legen. Das Handy befand sich in ihrer Handtasche und diese im Patientenaufnahmeraum.

Wenn Sigrid die Praxis verlässt, schließt sie sonst immer alle Türen extra zu. Aber diesmal wäre das unnötig gewesen, denn sie war ja da! Wie viele Gedanken man doch in Sekundenschnelle abspulen kann, wenn man unvermittelt aus dem Schlaf gerissen wird und sich der Situation erst mal klar werden muss.

Noch bevor Sigrid dem Impuls zum Aufstehen nachgeben konnte, krachte es wieder, bloß noch lauter, intensiver und näher! Aber trotzdem ziemlich kurz!

Jetzt hörte Sigrid Stimmen. Nein, nicht solche, echte natürlich.

Meine Schwester wollte sich beruhigend einreden, dass es der Stimmklang von Martin und Chris war.

„Sie sind also drin, bei den Augenärzten werden sie es nicht geschafft haben; bei denen gibt es nicht solch eine blöde Feuerschutztür in einem leicht zerbrechlichen Holzrahmen, ich bleibe einfach liegen", dachte Sigrid, während ihr Herz raste. „Einmal wird sich hier die Tür öffnen, das bleibt garantiert nicht aus", wusste sie genau.

Es war so weit. Im Türrahmen stand einer der männlichen Täter.

Ob er hübsch war, konnte Sigrid nicht erkennen, denn er hielt sich eine Scheinwerfer-Taschenlampe vors Gesicht, mit der er die Ecke mit der Analytikercouch ausleuchtete. Wieso lagen denn jetzt nicht alle Ärzte mit ihren „reichen Hintern" am Mittelmeerstrand? So musste er erstarrend gedacht haben.

Rasch grüßte Sigrid, immer noch in Liegestellung, mit einem freundlichen, erotisch angehauchten Hallo. „Hei", antwortete der Dieb und klinkte die Tür ganz leise wieder hinter sich zu.

Sigrid wartete noch eine ganze Weile, um den Einbrechern genügend Zeit zu geben. Angst war auch dabei. Dann betrachtete sie sich den Schaden und sehr beeindruckt den langen, schweren Kuhfuß, den die Einbrecher auf dem Schreibtisch der Patientenaufnahme liegen gelassen hatten. Sigrid hätte gleich an die Tür gehen können, als es so krachte. Bloß nicht, denn da wartete ungeahnter Weise dieser starke Kuhfuß in den Händen des Täters auf fette Beute.

Späte Genugtuung

(Nach 2010)
Margit S. Schiwarth-Lochau

Es klingelt. Etwas mühsam erhebt sich die betagte Frau aus dem Sessel und geht zur Türsprechanlage: „Ja bitte, was wünschen Sie?" „Hier ist der Postbote. Ich habe Pakete für Krüger und Jünger, die sind aber nicht zu Hause. Würden Sie die Pakete annehmen?" Ja natürlich, das macht sie seit zwei Jahren so. Oma Starke drückt auf den Türsummer. Der Postbote ist ihr unbekannt. Er ist ein noch sehr junger Mann mit Akne-Narben im Gesicht, der sie schüchtern anlächelt. „Selbstverständlich nehme ich die Post für meine Nachbarn an. Auch wenn der nette Postbote nichts für mich hat", antwortet sie ihm mit einem kleinen Lachen. „Oh doch, für Sie habe ich auch ein Päckchen." Da staunt Frau Starke nicht schlecht. Sie quittiert den Empfang der Paketsendungen und bedankt sich. Nanu, wer sendet denn ein Päckchen an sie? Vielleicht hat der Enkel etwas bestellt und ihre Adresse angegeben, weil er im Urlaub ist. Doch nein, es ist tatsächlich für sie persönlich. Ihr Bruder hat ein Geschenk zum 83. Geburtstag geschickt.

Schon wieder ertönt die Türklingel. Diesmal ist es die Tochter, die in ihrer Mittagspause vorbeischaut und frische Lebensmittel mitbringt. „Wasser habe ich erst mal nur eine Flasche, mehr konnte ich nicht tragen", erklärt die Tochter. „Ach Kind, du sollst doch nicht so schwer tragen. Ich brauche nicht so viel." Ihr ist es immer wieder peinlich, dass die Tochter für den Einkauf kein Geld annimmt. Seufzend sagt sie: „Schade, wenn du vorher angerufen hättest, hätte ich für dich mitgekocht." „Du weißt doch, dass ich meine Pausen nicht planen kann. Heute hat eine

Patientin abgesagt", antwortet die Ärztin. Die Zeit reicht für eine Tasse Kaffee, dann ist Oma Starke wieder allein. Doch sie langweilt sich nicht. Wenn das Licht gut ist und die Augen ausgeruht sind, dann malt sie, liest, schreibt Gedichte oder löst mit Leidenschaft Rätsel und Knobelaufgaben aller Art. An trüben Tagen und wenn es ihr gesundheitlich schlecht geht, muss der Fernseher ihr Gesellschaft leisten. Seit zwei Jahren lebt die alte Dame allein in der Wohnung. Ihr Ehemann ist an Parkinson erkrankt, die Pflege hat sie überfordert. Stets lebte und handelte sie nach seinen Wünschen, weil Anpassung und Helfen zu ihrem Leben gehörten. Er lebt jetzt in einer Senioren-Wohngemeinschaft mit entsprechenden Pflegeleistungen.

Über fünfzig Jahre hat Frau Starke ihren Sohn, der durch einen Unfall behindert ist, selbst betreut, konnte deshalb nicht mehr arbeiten gehen. Immer war das Geld knapp und von Nachbarn und Behördenangestellten wurde sie wegen ihres behinderten Kindes herablassend bis feindselig behandelt. Aus der letzten Wohnung mussten sie ausziehen, da eine alte Nachbarin mit ihrer alkoholkranken Tochter ihnen das Leben zur Hölle machte. Das ging so weit, dass Frau Starke tägliche Beleidigungen hinnehmen musste, bedroht und sogar tätlich angegriffen wurde. Im gemeinsam genutzten Waschmaschinenraum haben diese Leute ihr Sand zwischen die Wäsche gestreut. Das war umso unverständlicher, weil Herr Starke der volltrunkenen Tochter seiner Nachbarin aus einer misslichen Lage geholfen hatte, da diese vor der Haustür gestürzt war. Ihm kam in den Sinn: „Undank ist der Weltenlohn".

Nun lebt der behinderte Sohn in einem Pflegeheim. Mutter Starke versucht ihre Angehörigen regelmäßig zu besuchen, sofern sie durch ihre Herzerkrankung dazu in der Lage ist. Zum Glück gibt es die Tochter und den Enkel, die sie unterstützen. Die beiden wollen sie immer wieder überzeugen, doch in eine kleinere Wohnung in ihrer Nähe umzuziehen. Oma Starke will nicht weg. Sie genießt ihr jetzt unabhängiges Leben, sitzt gern auf ihrem Balkon und schaut den Kindern beim Spielen und Toben mit ihren Mamas oder Papas auf dem Hof zu. Dabei freut sie sich so über das friedliche Aufwachsen der Kinder, hatte sie doch selbst in dem fürchterlichen Krieg ihre Eltern verloren. Zum Geburtstag oder zur Einschulung hält sie für die Kinder kleine Geschenke bereit, wobei ein selbst gemaltes Bild oder ein eigenes Gedicht nicht fehlen. Sie ist bei Groß und Klein äußerst beliebt und wird dafür bewundert, dass sie so toll malen und schreiben und dass man sich mit ihr prima unterhalten kann. Die Nachbarn danken ihr für ihre Hilfsbereitschaft. Jede Woche steht ein Sechser-Pack Mineralwasser vor der Tür, den sie ihr gern mitbringen. Mehr Hilfe will sie nicht in Anspruch nehmen. Sie weiß aber, dass ihre Nachbarn im Notfall für sie da sind.

Appetit auf Stockwurst

(Im Jahre 2012)

Margit S. Schiwarth-Lochau

Maria und Alex freuten sich schon auf Besuch aus der Heimat. Die beiden hatte es aus Arbeitsgründen ins Schwabenland verschlagen. Ihre neuen Nachbarn stammten auch aus Sachsen, waren aber schon einige Jahre im Ländle und etwas älter als sie. Es entstand schnell eine herzliche Freundschaft. Gern saßen sie im Trockenraum des Hauses bei einem Bierchen beisammen. Wenn eine Familie in den Urlaub fuhr, kümmerte sich die andere um die Post, goss die Blumen und übernahm die Hausordnung.

Maria und Frau Sachse - mit dem Namen konnte diese ihre Herkunft nicht verbergen - hatten den Kellerraum gemütlich hergerichtet. Es war Vorweihnachtszeit, ein eisiger Wind wehte draußen. Die Männer hackten Holzscheite und stellten auf der kleinen Terrasse den Feuerkorb auf. Alles war vorbereitet. Die Freunde der jungen Leute hatten versprochen, echte Thüringer Bratwürstchen, sächsisches Bier und andere Leckereien aus der Heimat mitzubringen. Die Würstchen sollten auf einen Stock gespießt und über dem Feuerchen gebrutzelt werden.

„Wir müssen mit dem Feuermachen noch etwas warten. Die Nachbarin vom gegenüberliegenden Haus guckt noch aus dem Fenster. Das macht die bei solchem Wetter sonst nie", meinte Herr Sachse. Jedes Mal, wenn er auf der Terrasse eine rauchte, erschien der graue Lockenkopf erneut am Fenster. Mal schüttelte die Frau ein Tuch aus, dann ein Kleidungsstück, einen Läufer und sonst noch was. Das konnte doch kein Zufall sein! Der Appetit auf Stockwurst steigerte sich. Es war nichts zu machen, die Olle schüttelte und schüttelte. Alex war überzeugt, dass die Nachbarin die Vorbereitungen für das Feuerchen mitbekommen hatte. Laut Mietvertrag war das Grillen über Feuer nicht gestattet. Sie wussten, dass die neugierige alte Dame gern mal in die Müllbehälter schaute, ob die Leute auch ordentlich die Bestimmungen der Mülltrennung einhielten. Womöglich wartete sie nur darauf andere anzuschwärzen. Also kamen die Würstchen in die Pfanne. Kerzen ersetzten das Holzfeuer.

In der Lulu lebt man jetzt

(Am Anfang der 10er Jahre)
Ingrid Ursula Stockmann

In einem reizenden Städtchen gab es eine tolle Hausgemeinschaft. Das Miethaus in der Ludwig-Lust-Straße, die jeder, der sie kannte, kurz Lulu nannte, hatte ein ganz besonderes Flair. Dort wohnten auch eine Sozialarbeiterin und eine Pädagogin.

Nur manchmal gab es in dem Haus etwas Unruhe. Frau Seele hörte eines Tages aus der Nachbarwohnung ein lautes Gebrüll. „Du Schwein, du Schwein", schrie jemand aus vollster Kehle und dann wieder, „du Schwein, du Schwein!" Da es sich um eine Männerstimme handelte, klingelte die Sozialarbeiterin vorsichtshalber.

Der Mann, der aus der Tür trat, war empört: „Ach, die Sozialtante! Jetzt stören Sie mich auch noch, die Lampe ging so schon so schwer ran; heben Sie doch mal ein derart schweres gusseisernes Gestell hoch und stemmen es an die Decke und versuchen dann noch das Ganze anzuklemmen!" Nun war Frau Seele aufgeklärt und über das Temperament ihres Nachbarn im Bilde.

Inzwischen war die Pädagogin hinzugekommen. „Hallo, Ute, in unserem Haus ist heute was los; am ‚Musik-Café' hängt ein Schild. Es singen und spielen ein irischer und ein deutscher Musiker.

Wir brauchen ja nur die Treppe runter, kommst du mit?" „Klar doch, in einer halben Stunde, ja?"

Und auf ging's! „Sophie, siehst du das rot-weiße Ledersofa?!"

„Na klar, das ist für den heutigen Abend uns'res!" Das Café füllte sich mit sympathischen, modern tätowierten Leuten. Ihre jungen Arme, Beine und Rücken zierten phantasievoll „gestochen" scharfe Bilder in kunstvollen Form- und Farbkompositionen.

Ute Seele fühlte sich fernab von ihrer Arbeit in dieser Nische des Lebens unter den jungen Leuten gut aufgehoben. Irgendwie schien es mit den Betreibern des Cafés wie auf der Insel Kreta zu sein. Dort empfing die Familie Seele damals ein netter Mann, den sie dann an der Bar und später im Laden arbeitend und noch später den Swimmingpool reinigend, antraf. Oder sahen sich die Menschen dort alle so ähnlich? Wohl nicht!

Hier wurden die beiden Frauen von einem sehr freundlichen jungen Mann, der außerdem ihr Hausnachbar war, bedient. Plötzlich verschwand er und stand auf einmal auf der kleinen Bühne, wo er kräftig mitmusizierte. Dafür schnellte eine Frau hoch, die Ute und Sophie vorher für einen Gast gehalten hatten und füllte die Gläser. Sie beobachteten noch weitere Rollenwechsel. Einer sprang automatisch für den anderen ein, ob nun Mann oder Frau. Sophie hatte bei ihrem netten Nachbarn Salzstangen bestellt und sie bekamen diese von einem anderen „Gast" serviert. Prima Stimmung!

Eine junge Frau schwebte mit ihrem Kind herein. Sie spielte mit ihm „Fang den Hut". Durch sein Hochspringen und Haschen nach der Kopfbedeckung, übrigens war dazu kaum Platz, drängte es seine Mama unwillkürlich mit dem Rücken an die Bar. Aber nicht so schlimm; ihr Fliegengewicht konnte dem Schanktisch nichts anhaben.

Auch am Kühlschrank, zwischen Stuhl und Tresen, war zu wenig Platz gewesen. Dort tanzte ein junges Paar so wunderbar. Die Mundharmonika jauchzte dazu: Gitarre, was sagst du? Immer, wenn Ute sich entspannen durfte, fing sie an in Reimen zu denken.

Ihr Sohn war zur Tür hereingekommen. Er senkte auf dem Ledersofa den Altersdurchschnitt. Der junge Mann las gerade im Internet die Prüfungsergebnisse, was er durch das fröhlich servierte Diesel kurz unterbrechen musste. Lächelnd nahm er es entgegen.

Wieder öffnete sich die Tür. Ein älteres (ha, ha) Paar mit einem braun-weißen Mischlingshund kam herein. Ein Ohr weiß, ein Ohr braun, er wollte auch mal schau'n. Weil man hier die Tiere liebt, wurde er zuerst bedient. Die Schale mit dem kühlen Nass war besser jetzt als jeder Fraß, dem Hund die Hitze im Genicke saß.

Schon wieder dieses Denken in Reimen. Das hörte erst auf, als sich Ute mit Sophie unterhielt. Sie schwelgten im gemeinsamen Museum ihrer Erinnerungen. Den Ausdruck hatte die Sozialarbeiterin von ihrer ehemaligen Kollegin, einer Nervenärztin, die sehr gern Metaphern benutzt.

Die Hundebesitzerin fing nun an, ihre um die Hüften gebundene blaue Jacke im Rhythmus der Musik zu schwenken. Ab und zu hob sie dabei das auf dem Tresen stehende Gesöff an. Der dazugehörige, ziemlich große Hundebesitzer strahlte immer mehr. Indem er sich zunehmend häufig zu seiner „Kleinen" herunterbeugte, kaute er ihr bald ein Ohr ab. Ja, die Musiker versetzten alle Leute in Stimmung.

Die Tür öffnete sich zur Straße. Mehrere Arme mit bunten Tattoos winkten fröhlich und deren Besitzer verließen das Café.

Eine angenehme Müdigkeit brachte Ute, ihren Sohn und die befreundete Nachbarin auf die Idee, nach dem Zahlen noch ein bisschen nach oben zu gehen, um den schönen Abend austrudeln zu lassen. Dort breiteten sich die drei auf der riesigen Wohnlandschaft aus und hörten bei geöffnetem Fenster die flotte Musik in viel bequemerer Position.

So gern Ute und Sophie ihre Berufe auch ausübten, hielten diese sie jedoch manchmal allzu sehr von ihren anderen Interessen ab. Ein Glück, dass sie Urlaub hatten. Und statt sich auf das Rentenalter zu freuen, wollten die beiden lieber jetzt und gleich leben!

Ost-West-Nachbarn

(Nach dem 2. Weltkrieg bis heute)
Margit S. Schiwarth-Lochau

Was können Vorurteile und Mythen doch für langandauernde Wirkungen haben! Das Nachkriegsdeutschland wurde zweigeteilt, Familien auseinandergerissen. Vielen blieb nicht genug Zeit um zu entscheiden, in welchem Teil Deutschlands sie leben wollten. Als Flüchtlinge oder Heimatvertriebene sowieso entwurzelt, entschieden sich die einen dafür im Osten zu bleiben, die anderen, vor allem jüngere Leute, wollten ihre prekäre wirtschaftliche Lage verbessern und verließen oft illegal die sowjetische Besatzungszone.

So war es auch bei der Flüchtlingsfamilie Ziegel aus Oberschlesien. Von den drei Brüdern blieb der Älteste und gründete eine Familie mit Frau und drei Kindern, die Jüngeren zog es in den Westen. Dank des „Wirtschaftswunders" in der neu gegründeten Bundesrepublik und gut bezahlter Arbeit im Bergbau ging es bei Ziegels beständig bergauf. Sie holten ihre Mutter zu sich, die im Westen eine auskömmliche Witwenrente und eine Kriegsopferentschädigung erhielt.

Den Gisbert konnten sie nicht verstehen, dass er in der „Zone" bleiben wollte. Irgendwie bemitleideten seine Brüder ihn auch und fühlten sich ohne eigene familiäre Verpflichtungen freier als er. Dennoch bestanden enge Familienbande innerhalb der Herkunftsfamilie. Mutter und Brüder waren bestrebt den Kontakt nicht abreißen zu lassen, zumal gegenseitige Besuche bald nicht mehr möglich waren.

In der DDR der 50er und 60ger Jahre herrschte oft ein besonders großer Versorgungsmangel, das Geld war knapp und guter Rat teuer. Die sparsamen Verwandten im Westen wollten helfen, so gut es ging, und schickten Pakete mit Lebensmitteln oder Kleidung. Den Nachbarn fiel auf, dass Frau Ziegel öfter ein Paket auf ihrem Fahrrad zur Post transportierte. Darauf angesprochen, erzählte sie bereitwillig von ihrem Sohn und der Familie in Ostdeutschland. Viele der alteingesessenen Nachbarn kannten die Bedingungen in der „Zone" lediglich aus den Medienberichten und vom Hörensagen. Sie hatten sich auch schon an Spendenaktionen der Kirche für die armen Brüder und Schwestern im Osten beteiligt und boten voller Mitgefühl (und einem heimlichen Überlegenheitsdünkel) Oma Ziegel an, ihr gebrauchte Kleidung für die Enkel zu schenken. Das war prima, da waren wirklich tolle und modische Kinderbekleidung und auch Kleidungsstücke für Erwachsene dabei. Die West-Ziegels freuten sich über so viel Hilfsbereitschaft und konnten mit den Paketen in die DDR auch noch Steuern sparen.

Voller Freude und Spannung wurden diese bei den Ost-Ziegels am großen Familientisch geöffnet. Gisbert löste geschickt die Knoten der Paketschnur, damit sie aufgewickelt weiter verwendet werden konnte. Schönes Geschenkpapier glättete man sorgsam und packte es weg. Ach, was gab es da für herrliche Dinge auszupacken: Apfelsinen, Kaffee, Kakao, Schokolade und zu Weihnachten ein kleines Spielzeug, sowie die Kleidungsstücke. Mit den Westklamotten fielen die Kinder in der Schule auf und wurden beneidet. Doch die Große war den Kinderkleidern bald entwachsen. Für den Inhalt der Kleiderpakete konnte sie sich nicht mehr begeistern, da sie nun auch getragene Erwachsenenklamotten anziehen musste (und dafür Spott erntete). Auch entströmte diesen Paketen eine komische Geruchsnote. Beim Anblick eines gut erhaltenen, jedoch bereits gebrauchten Kamelhaarmantels wurde es ihr speiübel. „Den ziehe ich nicht an", maulte die große Tochter, „da fühle ich mich selbst wie ein Kamel!" Doch was kam beim Auspacken da noch zum Vorschein? Zwei Petticoats für die Mädels! Das war der letzte Schrei und sorgte für Bewunderung unter den Nachbarskindern und Schulfreundinnen.

Komisch, dass die Sachen in den anderen Westpaketen immer einen so typischen Geruch ausströmten, genauso wie in den Intershops. Lag das an der Warenzusammenstellung? Nach der Wende, als es alles gab, war jedenfalls dieser Duft nicht mehr wahrnehmbar.

Neidvoll registrierten die Nachbarn, dass Ziegels monatlich Westpakete empfingen. Es wurde getuschelt und geargwöhnt, auch wenn ordnungsgemäß darauf stand: „Geschenksendung, keine Handelsware". Schließlich war Westkontakt in der DDR nicht gern gesehen und „Horch und Guck" allgegenwärtig. Dass die „Stasi" informiert wurde, war daran zu erkennen, dass fortan die Pakete kontrolliert worden waren. Apfelsinen und Verpackungen wiesen Löcher durch Nadelstiche auf. So manches im Brief verschlüsselt angekündigte Paket erreichte den Empfänger nicht.

Zwei Jahrzehnte nach der Wiedervereinigung trafen sich die inzwischen betagten Brüder anlässlich eines runden Geburtstags im ehemaligen Osten wieder. Jochen und Roland, beide schon verwitwet, schwärmten von ihren Urlaubsreisen in ferne Länder und erzählten von der Nichte und dem Patenkind. Der Gisbert aber lächelte. Auf Mallorca war er zwar nie gewesen, immer nur in Deutschland, doch er hat eine große Familie um sich - Kinder, die studiert haben, Enkel und sogar ein Urenkelchen. Jetzt fühlte er sich nicht mehr als der dumme Gisbert, der im Osten geblieben war. Im Gespräch der Brüder tauchten alte Erinnerungen auf - an die wilden Spiele mit den Nachbarkindern in der alten Heimat OS, vom Krieg und seinen Verlusten, an die Nachkriegszeit, als Pakete gepackt und in die DDR geschickt wurden. Onkel Roland erzählte, wieso die Westpakete mit den getragenen Kleidungsstücken diesen typischen, stechenden Geruch hatten: „Die Behörden der DDR verlangten damals, dass Sendungen mit getragener Bekleidung oder mit getragenen Schuhen vor dem Versenden ‚entseucht' werden müssen. Da die Oma und ich auf dem Postamt schon bekannt waren, bekamen wir abgestempelte Blanko-Scheine und eine Sprühflasche mit nach Hause. Drei Sprühstöße ins Paket und der Pflicht war Genüge getan."

Die bereits verstorbene ältere Schwester hatte Gisbert damals kurz nach der Wende einen verbitterten Brief geschrieben, in welchem sie den Osten als Schuldigen für die Arbeitslosigkeit ihres Sohnes und der Kinder ihrer Nachbarn anklagte. Wenn es nach ihr gehen würde, müsste die Mauer wieder her und zwar noch höher als vorher.

Gisbert meinte, dass zwar der Duft nach der großen weiten Welt verschwunden ist, jedoch nicht eine gewisse Tendenz zur Überheblichkeit der materiell besser gestellten Brüder und Schwestern aus der alten Bundesrepublik. Wie pflegten sich gelernte DDR-Bürger hämisch auszudrücken? „Besser Überheblichkeit als gar nichts aus dem Westen!"

So manche West-Nachbarn bedauerten die armen, minderbemittelten Leute in der DDR, die Ost-Nachbarn zeigten teilweise Neid und Missgunst. Vorurteile werden noch heute gehegt und gepflegt, vor allem, wenn der neue Nachbar ein „Ossi" oder entsprechend ein „Wessi" ist. Diejenigen

Westdeutschen, die familiäre oder freundschaftliche Kontakte zu Ostdeutschland pflegen, haben häufig eine realistischere Sicht auf die damalige DDR. Sie achten überwiegend die Lebensleistungen und Lebensgeschichten der Menschen. Die heutige Jugend kann sich nur über die Vorurteile und Vorverurteilungen auf beiden Seiten wundern und dass die Begriffe „Ossi" und „Wessi" es sogar in den Duden geschafft haben. Die Beschimpfungen „Besserwessi" und „Jammerossi" mögen vergessen werden!

Streit um Kinderlärm im Miethaus

(In den 10er Jahren des 21. Jahrhunderts)
Margit S. Schiwarth-Lochau

Das kinderlose Ehepaar Mies ist bereits im Ruhestand und daher viel zu Hause. Es wohnt im Parterre. Gemütlich auf ihrem Balkon sitzend, können die beiden das Kommen und Gehen der Nachbarn beobachten und ebenso die Verfehlungen der draußen spielenden Kinder. Genau über ihnen wohnt die Familie Springer. Was heißt hier Familie? Die Mutter ist alleinerziehend mit zwei Gören im Alter von 13 und 15 Jahren - ein Mädchen und ein Junge, von verschiedenen Vätern. Die machen so viel Blödsinn, da muss man als Nachbar einfach genervt sein.

Neulich stapften sie bei Regen durch die tiefsten Schlammpfützen und bespritzten sich gegenseitig. Die sahen anschließend aus wie die Modderschweine! Und den Dreck trugen sie ins Treppenhaus! Man kann zwar nicht fremder Leute Kinder erziehen, doch in dem Falle musste Frau Mies eingreifen. Kaum waren die Bälger in ihrer Wohnung, ging ein ohrenbetäubender Lärm los: laute Affenmusik und dazu ein Getrampel wie von Ochsen auf der Flucht. Empört verlangte die Frau: „Peter, du musst unbedingt etwas unternehmen! Das ist nicht zum Aushalten. Geh nach oben, klingle und scheiße die Bande zusammen!" Mies-Peter reagierte ärgerlich, er las gerade die Sportseite in der Tageszeitung und wollte sich nicht unterbrechen lassen. „Geh doch selbst hoch, Erna, ich knöpfe mir später die Mutter vor, wenn sie von der Arbeit zurück ist." So musste Erna, mies gelaunt, für Recht und Ordnung sorgen. Sie klingelte Sturm. Wieder und wieder. Das Mädchen öffnete die Wohnungstür einen Spalt breit. Sofort legte die Nachbarin los:

„Das hier ist ein sauberes, anständiges Haus! Sofort macht ihr den Dreck auf der Treppe weg! Verstanden? Und macht die Hottentottenmusik leise!" Dann verschwand die Miese wieder. Moni rief ihr nach: „Alte Krähe!"

Vom Balkon aus hatte Peter Mies die Straße im Blick. Endlich entdeckte er die mit Einkaufstaschen schwerbepackte Nachbarin. Im Hausflur stellte er sich ihr in den Weg. Ohne zu grüßen polterte der alte Herr los: „Also, Frau Springer, so geht das nicht weiter! Ihre unerzogenen Plagegeister machen, was sie wollen! Heute haben sie die Treppe mit Schlamm eingesaut und meine Frau beschimpft. Ich verlange, dass saubergemacht wird und sich die Gören entschuldigen! Und noch etwas, der ständige Lärm von oben ist unerträglich!" Eine Antwort erwartete Miesepeter nicht. Er wollte sich schon zurückziehen, als die junge Frau ihm gelassen antwortete: „Ihnen auch einen schönen guten Tag, Herr Nachbar. Ich bin froh, dass Sie sich so für Ordnung einsetzen und stets den richtigen Ton finden, um Probleme anzusprechen. Sicher soll ich jetzt meine Kinder verhauen, ihnen Computer- und Fernsehverbot erteilen oder sie zu Hause anbinden, damit Sie ihre Ruhe haben! Den Schmutz werden sie beseitigen, doch normalen Kinderlärm müssen Sie tolerieren. Einen schönen Tag noch!" „Das werden wir ja sehen, wer hier recht hat!"

Peter knallte die Wohnungstür zu. Gemeinsam mit seiner Erna ersann er einen Plan: „Wir werden ab jetzt ein Lärmprotokoll führen!" „Hä, wie meinst du das?" „Na, wir schreiben alles auf, wie laut die da oben sind, wann, wie lange, ob die Wänster von oben unbeaufsichtigt alleine zu Hause waren und so." „Wie lange müssen wir das machen?" „Sagen wir mal zwei Wochen. Und dann gibt es 'ne Anzeige!" Das Lärmprotokoll wies täglich sechs bis acht Stunden

Lärmbelästigung auf. Das Rentnerpaar verklagte die Familie auf Unterlassung. Die Klage wurde als nicht zulässig abgelehnt, da Nachbarschaftsstreitigkeiten zunächst durch eine Schiedsstelle oder einen Anwalt geregelt werden sollen. Jedoch wurde eine Lärmmessung veranlasst. Für den Trittschall gelten 40 Dezibel als normal, gemessen wurden 37.

Ist Frau Sabakka in das richtige Haus gezogen?

(In den 10er Jahren des 21. Jahrhunderts)
Ingrid Ursula Stockmann

Meine Nachbarin stand eines Tages mit einem schweren Einkaufsbeutel auf der Treppe. Als ich vorbeikam, jammerte sie, dass sie in dieses blöde Haus ohne Fahrstuhl gezogen ist, sei ein Fehler. Sofort packte ich zu und schleppte den Kram nach oben, ja, in die oberste Etage. Was für ein Beutel! Er hinterließ bei mir Einschnürungen an den Fingern. „Ihr Beutel hat mich gebissen", spöttelte ich. „Passen Sie auf, August, wenn Sie erst mal mein Schwein beißt", erwiderte sie schlagfertig. „Schweine gehören ja auch in die Wohnung", antwortete ich.

Klapp, war die Wohnungstür zu. Hatte ich da etwas grunzen gehört? Nein, meine Nachbarin hatte doch einen Mops. ‚Übrigens, sind solche Treppen für solch einen kleinen Mops nicht beschwerlich?', dachte ich, ‚sie ist wirklich in das falsche Haus gezogen.'
Bald darauf traf ich Frau Sabakka wieder im Treppenhaus, mit ihrem Mops auf dem Arm. „Ich war gerade Gassi", erklärte sie mir. „Seit wann gehen Menschen Gassi, haben Sie kein Innen-WC?", machte ich meine Nachbarin dumm, die das gar nicht zu bemerken schien. „Ach so, ich war mit meinem Hund Gassi." „Wieso grunzt ihr Mops eigentlich?" „Grunzt? Nein, der doch nicht!" „Ja, wer denn sonst, ihr Mann etwa?" „Ich habe gar keinen Mann." „Hm!", freute ich mich. „Sie können mich ja mal besuchen, da werden Sie merken, wer da grunzt." Natürlich sagte ich sofort zu.

Selbstverständlich brauchte ich für diesen Besuch einen Blumenstrauß. Mein Freund Alexander wunderte sich: „Für wen kaufst du denn Blumen, du unverbesserlicher Single?" „Geht dich nichts an, Alexander. Aber eins kann ich dir sagen; ich will wissen, wer da grunzt." Alexander tippte sich an die Stirn: „Verarschen kann ich mich selber."

Ein wenig komisch kam ich mir schon vor, als ich klingelte. Aber meine Nachbarin lachte fröhlich, und das steckte mich sogleich an. Ich betrat den Korridor und hörte ein leises Grunzen. „Haben Sie doch einen Mann, Frau Sabakka?", fragte ich skeptisch. „Nein, nein, seien Sie doch nicht so neugierig!" Da sagte ich nichts mehr. ‚Neugierig, das ist doch eine schlechte Eigenschaft, was hält die von mir?', dachte ich und meine Laune verschlechterte sich. Sie lachte wieder und meinte: „Vielleicht können Sie überdurchschnittlich gut hören, dafür aber schlechter riechen?" „Nein, nein", sagte ich, „hier riecht es nach einem leckeren Mittagessen. Sie kochen wohl noch selbst?" „Natürlich, ich bin so altmodisch", entgegnete sie belustigt. ‚Warum freut die sich so, auch wenn ich etwas Negatives sage?', wunderte ich mich im Stillen. „Möchten Sie Hausschuhe?", fragte sie mich heiter. „Hm!", sagte ich vernehmlich, „am liebsten laufe ich bei mir zu Hause barfuß." „Na dann", meinte Frau Sabakka und staunte, dass ich bei dem kühlen Wetter „nicht bestrumpfte" Füße aus meinen Schuhen zog. „Ja, ich kann mir das leisten, ich habe - nie übel riechende - Marzipan-Füße."

Als wir genüsslich aßen, mal kauten und mal lächelten, hörten wir es klopfen. Oder war jemand gegen die Tür gestoßen? Das Geräusch wiederholte sich. „Das ist doch jetzt an der Wohnzimmertür", stellte ich fest, „soll ich mal nachsehen?" „Nein, nein, das mache ich schon."

„Ich glaube, mein Schwein pfeift und mein Hamster bohnert", sprach ich laut meine Gedanken aus. „Das ist also ihr Ehemann, der beim Schlafen grunzt!" Sie lachte wieder. Ihr Lachen steckte abermals an. Das Schwein, augenscheinlich ein ganz gewöhnliches Hausschwein, bekam nun seine extra Schüssel. „Die stelle ich mal lieber ins Bad, Swinus kann dort fressen", sagte sie bestimmt. „Sie können die Türen ruhig auflassen", betonte ich großzügig, „ich habe keine Angst vor Schweinen..." „Obwohl ich nur Hunde in Wohnungen gewohnt bin", fügte ich noch hinzu.

Swinus war mit uns zusammen fertig mit seiner großen Portion, obgleich das dicke Ding erst zu fressen begann, als unsere Teller fast leer waren. Meine Nachbarin räumte die Teller in die Küche, auch die große Schüssel von ihrem Bad-Bewohner. Dieser kam sofort zu mir ins Wohnzimmer. Sein Frauchen hatte inzwischen auch wieder Platz genommen. Swinus entdeckte meine makellosen nackten Füße. Als er schnuffelnd herannahte, bekam ich doch etwas Angst. Da Angst aber als schlechte Eigenschaft gilt, dachte ich mir, diese besser vor Swinus und Frau Sabakka zu verbergen. Meine Erfahrung mit Hunden war: Die Füße stillhalten, nicht wegziehen. Aber man ist immer erst hinterher schlauer. Swinus schnüffelte ... und zwackte zu - in meine große Zehe. „Schnell, das Blut tropft sonst auf Ihren schönen Teppich", sagte ich tapfer. Sie holte Pflaster und kniete vor mir nieder, um die kleine Bisswunde zu verbinden. Sie hatte sich mit meinem Blut beschmiert. Wie wurde mir denn da? Swinus jedenfalls, wurde wieder eingesperrt.

Nun verlangte ich aber eine Erklärung für dieses merkwürdige Hobby, ein ausgewachsenes Schwein im Badezimmer zu halten. Meine Nachbarin zog ihre Stirn in Falten.

Hatte ich sie etwa wütend gemacht? ‚Nein, nachdenklich', stellte ich fest. „Wegen Swinus bin ich umgezogen, der Kerl brauchte ein größeres Badezimmer und mehr Platz im Korridor." „Ja, warum haben Sie sich denn ein solch großes Haustier überhaupt erst zugelegt?" „Das ist eine traurig-lustige Geschichte, lieber Herr Nachbar", fing sie an mir zu erklären. „Ich kaufte mir nämlich ein ‚Swinus minimus', weil ich das Minischwein von meiner Freundin so süß fand. Sie sagte, ihr Schweinchen sei sauberer als ein Hund. Das fand ich übertrieben positiv dargestellt. Aber das Tierchen war zu süß, solch einen kleinen Racker wollte ich auch haben. Nur wusste ich nicht, dass sich Züchter von Minischweinen irren können." „Aus dem Tier hier", sie deutete Richtung Bad, „wurde mit der Zeit ein ausgewachsenes Hausschwein. Was nun? Wir hatten uns so an das Schwein gewöhnt und es lieb gewonnen. Wir, das sind Mopsi und ich. Der Kleine hatte sich gleich mit Swinus angefreundet; er ist ja kein Schweinehund."

Von dieser Darstellung war ich ganz gerührt. „Ich kann ja beim nächsten Besuch Strümpfe anziehen und Hausschuhe mitbringen, übrigens Größe 50." „Ja, habe ich mir gedacht, Marzipanfüße Größe Geigenkasten", sagte Frau Sabakka lachend und gab mir einen Kuss. Ohne den Kuss hätte ich gedacht, dass sie mich auslacht.

Ich wollte Svenja gar nicht zurückküssen; ich hatte gar nicht vor zu sagen, dass ich sie liebe. Und? Es ist eben mehr als nur Blutsbrüderschaft. Schwein gehabt!

Nächtliche Geräusche

(Frühjahr 2021)

Margit S. Schiwarth-Lochau

Kurt Eric, genannt Kurti, ist in seinen besten Mannesjahren. Wirklich? So richtig zufrieden ist er nicht. Midlifecrisis? Erektionsprobleme.

Sie haben beide ziemlich stressige Berufe. Angelina Inge, genannt Angi, ist abends meist ziemlich müde und geht zeitig schlafen. Kurti dagegen lungert oft noch lange vor dem Fernseher, mit einem kühlen Blonden gegen den Durst, auf der Couch herum. Er geht erst zu Bett, wenn seine bessere Hälfte eingeschlafen ist. Das Fernsehprogramm findet er öde.

Lustlos blättert Kurti im TV-Magazin für die kommende Woche. Plötzlich erstarrt er, kann es nicht fassen. Soll das ein Witz sein? Eine ganzseitige Anzeige - in fetten Lettern steht rot und schwarz gedruckt: *„Endlich eine wirksame Lösung bei Erektionsproblemen! SOFORTIGE EREKTION! ... Wirkt stundenlang!"* Kopfkino. Unweigerlich kriecht das Handmännchen in die Hose. Das Lesen beflügelt ihn: *„... Dieser Traum kann heute wahr werden! ... Man muss keine bittere Pille schlucken und warten ..."* „Ach Quatsch", murmelt Kurti ungläubig, „einfach ein Sprühstoß und Peng, das Ding steht!?" Er stöhnt auf und überlegt, ob er eine Probe zum Test *für nur 56,99 Euro, einschließlich diskreter Verpackung und Versand,* bestellen sollte. Was steht da noch? *„Hilft auch bei Frauen - sie werden hemmungslos!"* „Nee, das kann doch nicht sein!" Ein Versuch ist es wert - Kurt bestellt, geht in Vorkasse und ...

Tatsächlich landet wenige Tage später ein unscheinbarer, gepolsterter Brief im Postkasten. Der Mann versteckt ihn zunächst. Wie gewöhnlich geht Angi vor ihm zu Bett. An ihrem leisen Schnarchen erkennt Kurti, dass sein holdes, angetrautes Weib auch wirklich schon schläft. Der Mann öffnet erwartungsvoll, so wie früher ein Westpaket, die Postsendung. Er überfliegt die Gebrauchsanweisung: „... *einfach auf den Penis sprühen und Sie bekommen eine mega-harte Erektion. ...*"

Hose runter und Fffft ... Oh!! Schnell ins Schlafzimmer, vorsichtig die Bettdecke lupfen und zwei Sprühstöße unter das Nachthemd der Frau. Sein Penis vibriert erwartungsvoll. Angi stöhnt plötzlich. Ohne die Augen zu öffnen, greift sie sich an die vollen Brüste. Kurt Eric geht zum Angriff über. Angi scheint mehr als bereit zu sein. Es funktioniert, so wie auf der Packungsbeilage angekündigt.

Nach etwa zwei Stunden und mehreren Orgasmen sinkt das Paar erschöpft in die Kissen.

Dass der unter ihnen wohnende Nachbar wegen nächtlicher Ruhestörung mehrfach gegen die Zimmerdecke geklopft und sogar an der Wohnungstür geklingelt hat, haben Kurti und Angi bei ihren wilden Liebesspielen nicht wahrgenommen.

Am nächsten Tag trifft Kurt Eric im Hausflur seinen Nachbarn, der ihn gleich anzüglich anquatscht: „Was war denn bei euch gestern Nacht los? Da ging ja die Post ab, dass die Wände wackelten!" Kurti grinst und erzählt ihm vertraulich von dem Wundermittel. Des Nachbars Augen weiten sich und ungläubig sagt er: „Das würde ich auch gern ausprobieren! Hast du noch was von dem Zeug da?" „Eine halbe Flasche kann ich dir abgeben. Ich bringe dir das Wundermittel nachher runter." Aber Kurt Eric hat nicht die Absicht zu teilen. Er weiß, dass bei Wirksamkeitsstudien von Arzneimitteln bei einer Kontrollgruppe Placebos eingesetzt werden ...

Am späten Abend bei Nachbars: Frau Nachbarin, also die Elsa, liegt schon im Bett und liest. Ihr Gatte, Horst heißt er, ruft: „Warte auf mich, will nur noch schnell duschen!" Bei der Vorstellung, was gleich passiert, verspürt der Mann eine deutliche Erregung. Ein Sprühstoß auf den schon erigierten Penis verstärkt diese sichtlich. Wow, das ist unglaublich!!

In seiner ganzen Männlichkeit stolziert Horst nackt ins Schlafzimmer. Frau Elsa betrachtet ihn interessiert und wirft die Bettdecke zur Seite. Der Mann stürzt sich begierig auf sein Weib, das lachend aufquiekt: „Aber pass auf, ich hab's doch im Kreuz!" Er: „Gut, dass du das sagst, ich hätte an der alten Stelle gesucht!"

Kurt Eric hört mitten in der Nacht ein unverkennbares Stöhnen und Quietschen eines Bettgestells. Verwirrt, die unglaubliche Anzeige noch auf dem Bauch festhaltend, erwacht er aus seinem Traum.

Manches wiederholt sich

Anni Margot Skorupa (Anfang der 30er Jahre)
und Ingrid Ursula Stockmann (Ende der 50er Jahre)

Manches wiederholt sich, solange es Menschen und Nachbarschaften gibt. Das ging mir durch den Kopf, als ich in meinen alten Unterlagen etwas suchte - aber anstelle des Gewünschten zufällig Aufzeichnungen für ein Roman-Vorhaben von meiner bereits verstorbenen Mutter fand. In unserem Leben und Erleben gab es viele Ähnlichkeiten. Sie schrieb:

Wer war diese Anni? Sie hieß eigentlich Anni Margarete und war die dritte Tochter der Eheleute Elisabeth und Heinrich Gustav Krieg. Sie hatten sich sehr lieb. Doch die dritte Tochter war eine zu viel, das war kein leichtes Spiel. Ein Stammhalter war das Ziel. Wozu hatten Irmela und Liselotte Zuckerwürfel aufs Fensterbrett gestellt und dabei gesungen: „Bringt uns der Storch einen Bruder ins Haus, dann gibt es viel Applaus." Oder sie sangen: „Storch, Storch guter, bring uns einen Bruder!"
Hokuspokus half nicht viel.

Ich dachte: „Den Nachnamen Krieg wählte meine Mutter nicht ohne Grund für ihr Manuskript. Sie war ein Kriegskind." Nun ging sie zur Ich-Erzählung über:

Obwohl ich eigentlich kein ängstliches Kind war, wirkte ich auf meine Mitmenschen sehr schüchtern und ängstlich.

Große Angst hatte ich vor großen Jungen. Wenn ich vor unserem Lebensmittelgeschäft spielte, kamen oft drei „junge Männer" mit gezückten Messern und sie bedrohten mich abwechselnd mit den Worten: „So, Anni, jetzt schneide ich dir deine Ohren ab!" Sie amüsierten sich köstlich, wenn ich vergebens mich verstecken wollte, denn es war kein rettendes Eckchen vorhanden. Zum Glück verfolgten sie mich nur in den Flur.

Wenn ein großer oder kleiner Hund in der Nähe war, dann sagten meine Schwestern zu mir: „Gucke, Anni, da kommt ein großer Hund, der wird dich beißen!"

Zu dieser Zeit war ich höchstens eineinviertel Jahre alt. Ich glaubte ihnen und litt sehr unter diesen angekündigten Gefahren.

Als meine Mutter noch sehr klein war, erzählte sie mir, spotteten ihre Schwestern: „Platsch, platsch, Margot hat Plattfüße." Das fiel mir jetzt wieder ein.

Kleine Kinder haben noch keine eigenen Fähigkeiten zur Angstbewältigung und können sich nicht wirklich selbst beruhigen. Sie benötigen daher Schutz, Beruhigung und Trost. Das gab es in diesen schweren Zeiten in den kinderreichen Familien oftmals zu wenig. Beispielseise unsere Großmutter war häufig mit Arbeiten in fremden Haushalten überlastet, wenn das Geld nicht ausreichte, weil sich ihr Mann, unser Großvater, in politischer Haft bzw. in Konzentrationslagern befand, erstmals, als Anni Margot noch vier Jahre alt war. Nachbarn oder ältere Geschwister passten allgemein auf die kleinen auf. Oftmals waren diese den groben oder gar sadistischen „Späßen" von älteren Nachbars- und auch Geschwisterkindern ausgesetzt. Manche Erwachsene hetzten ihre Kinder sogar gegen Nachbarskinder auf, indem diese als schlecht oder minderwertig dargestellt wurden. Die Eltern meiner Mutter waren bei einigen Nachbarn politisch nicht erwünscht. Ihre Mama hatte es, dann allein, sehr schwer. Ihren beiden wesentlich älteren Schwestern wurde die kleine bald lästig, weil sie nicht Kindermädchen sein und lieber zu zweit spielen wollten. Als Anni Margot vier Jahre alt war, spürte sie schon die Not ihrer Mutter.

Meine Mutter liebte die Natur und ging schon als kleines Kind viel allein spazieren, traute sich beispielsweise zu, von Tangermünde bis nach Bölsdorf und zurück zu laufen. Diesen Weg war sie zuvor mit ihren Schwestern gegangen. Bei ihren herrlichen Ausflügen erlebte sie nichts Schlimmes; die großen Kinder, die sie hätten bedrohen und beleidigen können, waren sicher in der Schule.

Ich hatte es schon besser. Meine älteste Schwester sollte Hans-Georg heißen, meine mittlere dann Bernd oder umgekehrt, und für mich hatten sie sich gar nicht erst einen Jungsnamen überlegt. Auch ich wurde als dritte Tochter geboren, war aber nicht unerwünscht, sondern eher ein hoffnungsvoller Trost, denn als ich noch im Mutterleib war, verunfallte meine große Schwester und erlitt einen bleibenden, schweren seelischen Schaden. Das war Grund genug für manche Nachbarn, ihre Kinder gegen uns aufzuhetzen. Die „dumme Gela" fiel im ehemaligen Fischerdorf ähnlich auf, wie die „thumme Edita". Ich war glücklicher Weise gesund, munter, ein nettes kleines „Käferlein" und ein sogenannter Frühentwickler.
Schon sehr zeitig, vor der Einschulung, waren meine nur wenig ältere Schwester (eineinviertel Jahre) und ich viel allein draußen; es gab weniger Gefahren durch Autos als in der heutigen Zeit. Wir Schwestern waren lieb zueinander und passten gegenseitig

auf uns auf. Als meine mittlere Schwester, mit der ich stets zusammen spielte, in die Schule kam, zählte ich mich schon zu den Vorschulkindern, wäre am liebsten gleich mit in die Schule gegangen. Meine Schwester wurde mit gerade sechs Jahren eingeschult und brauchte nicht „drüberzugehen", so wie leider ich selbst. Oftmals war ich nunmehr allein vorm Haus oder im Park an der Saale und vermisste sie sehr. Aber ich war kein Kleinstkind mehr, wie damals meine Mutter, als sie viel allein war. Auch ich besuchte keinen Kindergarten. Einen solchen gab es in „meiner Zeit" schon, jedoch blieben wir Kinder zu Hause bei unserer Mutter und der behinderten Schwester.

Einmal rannte ich ganz schnell nach Hause. Was war geschehen? Auf dem Kirchberg hielten mich zwei große Jungen an, die Taschenmesser besaßen. Ich war noch Vier. Sie drohten: „Wir schneiden dir jetzt die Ohren ab, dann läufst du rum, wie eine Rolle Drops!" Das wirkte auf mich sehr kränkend, ungerecht und auch bedrohlich. Sie lachten höhnisch, weil ich abhaute. Ich hatte doch den Jungen nichts getan, kannte sie nicht und wusste nicht einmal ihre Namen.

Ein anderes Mal zog ich allein mit meinem Puppenwagen in den etwas weiter entfernten, verwilderten Park an der Saale. Wahrscheinlich machte meine Schwester gerade wieder ihre Hausaufgaben und ich langweilte mich. Gern war ich in der Natur und teilte dieses Glück mit meiner Puppe.

Doch da kamen mehrere große Jungs, die ich nicht kannte. Sie fingen an mich zu ärgern und ich tat so, als ob mich das nicht beeindruckte. Dann rannten sie, geschützt durch ihre Kleidung, in ein sehr hoch gewachsenes „Brennnesselfeld". Mich beschimpfend und mir drohend, stürmten sie auf mich zu; einer schnappte sich meinen Puppenwagen, dann schlugen sie mich mit dem „Brennnesselgestrüpp". Ich war stolz und wollte wie eine Indianerin sein. Mein Vater hatte mir nämlich immer geraten, keine Angst zu zeigen und zurückzuschlagen, wenn mich jemand haut. Hier war nur das Erstere möglich. Aber das half. Den großen Jungen machte es keinen Spaß mehr und sie zogen ab. Aber wäre ich eineinviertel Jahre alt gewesen, hätte ich bestimmt einen Schock erlitten. Um meine liebe Mutter zu schonen, erzählte ich zu Hause nichts von diesem Erlebnis, wahrscheinlich erst viele Jahre später. Oder überhaupt? Sie hatte genug Kummer durch unsere kranke Schwester zu erleiden.

Womit hatten sich die Kinder eigentlich in meiner Kindheit beschimpft und beleidigt? Oftmals mit dummen Reimen oder Sprüchen: In Halle an der Saale, da werden die Dummen nicht alle. Du gehörst nach Altscherbitz, (in die „Irrenanstalt", war damit gemeint). Geh nach Haus', deine Mutter hat Kirschkuchen gebacken...

Gut, dass ich kein Kriegskind, sondern ein Nachkriegskind war - obwohl diese Zeit auch ihre Schwierigkeiten hatte.

Meine Mutter wurde in der Schule von den Kindern, mit Sicherheit aus politischen Gründen, gemieden. Aber sie wurde wegen ihrer besonderen Fähigkeiten von den anderen im Stillen auch bewundert. Sie war fast Elf, als der Krieg begann.

Ich war mit Elf auf einmal bei den Kindern in der Schule nicht mehr beliebt, obwohl ich ein verständnisvolles und hilfsbereites Wesen hatte. Damals konnte ich den Zusammenhang mit politischen Gründen nicht herstellen. Die Kinder wurden 1965 offenbar von den Erwachsenen, insbesondere den Lehrern, aufgehetzt, nachdem wir in der Familie plötzlich sogenannte politische Straftäter hatten. Zwei

Brüder meiner Mutter waren jeweils mit ihren Familien, darunter kleine Kinder, über die Staatsgrenze in die BRD geflüchtet. Nun hatte ich acht „Staatsfeinde" in der Verwandtschaft, was aber offen nicht thematisiert wurde. Ich bekam es zu spüren... Was wusste ich schon - als Kind - vom Kalten Krieg? Erwachsene können sich sogar gegenseitig über einen Umweg „treffen" (bekämpfen), nämlich über die Kinder.

Warum gibt es zwischen Menschen allgemein Beleidigungen, Herabsetzungen und Unterdrückung?

Demokratische und friedliche Verhältnisse, insbesondere der Frieden, erleichtern und verbessern den Menschen das Leben und das zwischenmenschliche Miteinander. Warum schaffen sie sich beispielsweise „Nachbarschaftskriege"? Suchen sich manche Konfliktherde im Alltag, weil sie unbewusst mit den (scheinbar) banalen Seiten des Lebens nicht umgehen können, sie sich sonst „langweilen" würden? Möchten sie sich selbst bevorzugt fühlen? Könnte auch der Neid auf Menschen, die ein erfüllendes und liebevolles Miteinander haben, eine Rolle spielen? Vielleicht würde es mancher Mensch nicht ertragen, darüber zu reflektieren, dass er nur Gast auf dieser Erde ist?
Oder noch einfacher, mit dem Volksmund gesprochen: „Wenn es dem Esel zu wohl wird, geht er aufs Glatteis?"[10]

---

[10] Frei nach Martin Luther (1483 - 1546).

Frau Korbelius ist Geschichte
Meine kleine Gedichtinterpretation
Ingrid Ursula Stockmann

Ich höre meine Mutter noch sagen: „Ich war immer gut zu anderen Menschen, habe niemandem etwas getan, und trotzdem wurde ich bespitzelt."

Stimmt! Trotzdem setzten ihr beispielsweise „Nachbarn" voller Hass oder im Sinne der „Zersetzung"[11] zu, wie die Frau Korbelius in ihrem Gedicht[12]. Das war für meine Mutter nicht mehr zum Aushalten, und sie wurde als Kriegstraumatisierte derart getriggert, dass sie auf ihren hohen Anspruch an sich selbst, betreffs moralischen Verhaltens, in diesem Moment keinen Zugriff mehr hatte. Die Nachbarin drang nämlich zuletzt voller Boshaftigkeit in unsere Küche ein. Meine Mutter schämte sich, die Frau Korbelius mit der Klobürste für mein Kindernachttöpfchen mehrmals ins Gesicht geschlagen zu haben. Der Richter vom Amtsgericht fragte: „Sagen Sie, Frau Skorupa, womit Sie die Frau Korbelius verhauen haben?" „Mit der Klobürste." Da drehte sich der Richter um und lachte sich eins ins Fäustchen. Der Ordnung halber verhängte er eine Strafe. Leider musste meine Mutter das Bußgeld bezahlen, (wir hatten so schon wenig Geld), und nicht die böse Nachbarin, Frau … Nein, den richtigen Namen darf ich nicht sagen! Meine Mutter traute sich lange Zeit nicht mehr auf die Straße. Als Nachbarinnen sie erstmals wieder erblickten, hörte sie ungläubig deren Meinung: „Mit der Klobürste hätten Sie das Aas ruhig totschlagen können;

---

[11] Die Stasi konnte für politisch unerwünschte Bürger Zersetzungsmaßnahmen in Auftrag geben.
[12] Die Hauswirtin Korbelius (S. 176).

die hätte das verdient!" So war das, daran habe ich keinen Zweifel.

Trotzdem fand meine Mutter das peinlich, dass ich ihrem Gedicht noch ein paar Zeilen hinzufügen wollte. Wir setzten uns damit auseinander, und schließlich verbot sie es mir nicht.[13]

Was sagt der „Volksmund"?
„Man kann nicht im
Frieden leben,
wenn es der böse
Nachbar nicht will."[14]

Aber:
Vielleicht will er's ja
doch, kann's aber
nicht, weil er
im „Familienkrieg"
groß geworden ist.

Landsberg, den 06.01.2022

Dr. Ingrid Ursula Stockmann

---

[13] Gedicht (S. 177), letzte Strophe.
[14] Nach Friedrich Schiller, Wilhelm Tell, 4. Akt, 3. Szene (Tell).

Dritter Teil:

Gereimte Ungereimtheiten

Ein gereimtes Vorwort
über Ungereimtheiten

Ingrid Ursula Stockmann

Ich warne euch, es wird jetzt hart,
beschrieben wird 'ne schlimme Art!

Millionen Nachbarn sind ja höflich,
nur wenige beleidigen uns sträflich.

Da fragt man sich, warum's nicht immer so geht?
Das könnte sein, womöglich,

weil der Mensch, der sonst verträglich,
nicht nur aus guten Eigenschaften besteht.

So manches Mal schafft's der Gutmeinende nicht,
und manchmal schafft's auch kein Gericht.

Dann verzweifle besser nicht,
geh dorthin, wo es besser ist!

Landsberg, 07.02.2012

Gereimte Geschichten

Die Hauswirtin Korbelius

(Anfang der 50er Jahre)
Anni Margot Skorupa

Amalie Korbelius
war eine harte Nuss.
Sie konnte keine Kinder leiden,
drum beschloss sie,
diese nicht nur zu meiden.
Sie wollte sie am liebsten
auch noch töten.
Die arme Mutter
war in höchsten Nöten.

Die Babywäsche tat Amalie
beschmutzen,
erhoffte sich daraus
den Nutzen,
eine Bekannte ins Haus zu holen.
Das Baby sollte verdrecken!

Die junge Mutter
sollte sich aus Scham verstecken
und dann selbst vor Gram
verrecken.

Den Kinderwagen tat Amalien
in der Jauche verstecken,
das Kind sollte sich im Drecke
mit Keimen[15] von Tieren
infizieren
und ebenfalls verrecken!

Die Mutter suchte
den Wagen überall,
fand ihn verdreckt im Schweinestall,
da freute sich die Verfluchte.

Unerträglich, die Amalie!
Sie wurde immer schlimmer
und bekam schließlich Dresche,
Babys Klobürste direkt
in die Fresse!
Blau schillerte ihr Gesicht,
und sie bekam Recht
vorm Amtsgericht![16]

---

[15] Die Tiere waren an einer Seuche „verreckt".
[16] Letzte Strophe von Ingrid Ursula Stockmann.

Bruno[17]

Es war einmal der Bruno,
wohnte in einem Haus,
musste man da aufs Klo,
ging's aus der Wohnung raus,
eine halbe Treppe tiefer,
mit geöffneter Gürtelschnalle,
ganz schnell dann lief er,
die Nachbarn mussten's alle.

Auch gab's da den guten Kachelofen,
die Brennstoffe lagerten im Keller,
nach den Kohlen musst' man loofen!
Wer rannte mit den Eimern schneller?
Solche Wettkämpfe gab es da,
gern wollte man auch helfen,
grad wenn's ne hübsche Nachbarin war,
das ereignete sich gar nicht selten.

Und Bruno fand die eine schön,
der konnt' man in den Ausschnitt seh'n,
blieb man auf dem Absatz steh'n.
So guckte er ganz intensiv,
wie sie immer tiefer lief.
Der Bruno verlor das „Übergewicht",
fiel auf die Stufen mit'm Gesicht.
Die schöne Holde merkte's nicht!

---

[17] Ingrid Ursula Stockmann „Ein Pechvogel Namens Bruno" - Für Jung und Alt.

Der arme Junge schnell zu sich fand
und spuckte seine Zähne in die Hand,
warf sie oben ins Waschbecken rein,
mit 'ner Blutlache hinterdrein.
Nach getaner Arbeit fein
guckte Mutter ins Becken rein
und fing gleich an zu schrei'n,
der Sohn tat ihr so leid,
drum verlor sie keine Zeit!

Der Zahnarzt setzte alle wieder ein,
da war Brunos Gusche wieder fein.
Die Holde wusst' nichts von alledem,
und Bruno musst' zu'n Soldaten geh'n.
Da selbst, bei einer Schlägerei,
war's mit den Zähnen dann vorbei.
Eine Faust schlug ihm ins Gesicht,
das vertrugen die Beißer nicht.

Der Zahnarzt gab sich solche Mühe,
die „Zahnfee" sagte zuallerletzt:
„Es ist zwar noch reichlich frühe,
aber diese Zähne behalt' ich jetzt!"

Die Geschicht' ist ausgedacht,
Ähnlichkeiten sind Zufall nur,
schrieb sie bloß, damit ihr lacht
(oder auch mal weint),
von der Wahrheit keine Spur!

Doch der gute Zahnarzt
hat eine schöne Brücke gemacht,
über die ist eine Frau gegangen,
die hat sich Bruno eingefangen.

Wasserschaden rettete Leben

(Am Anfang der 70er Jahre)
Ingrid Ursula Stockmann

Es war mal 'ne Studentenwohnung,
in der ehemaligen DDR,
im Westen gab's den Aufschwung,
der Osten hinkte hinterher.

Küche mit gusseisernem Becken,
für Studenten reichte das aus,
man brauchte nicht zu verdrecken,
machte auch Kinderkacke den Garaus.

Auf den Ausguss ruff die Babywanne,
mit der Wäsche drinnen,
ging schneller als Kanne um Kanne,
da fing es an zu klingeln!

Hurra, es war das Schwesterlein,
weil wir uns so gut verstehen,
bat ich's in die Stube rein,
um mit ihm gleich zu reden.

Nun plagte uns der Kaffeedurst,
den Kaffee gab's aus dem Westen,
und Margret hatte große Lust,
zu helfen mir am besten.

So musst' sie in die Küche rein
und völlig unverständlich
fing sie furchtbar an zu schrei'n,
mit Beinkleid hochgekrempelt.

Das Wasser stand ihr bis zu'n Waden,
sie löffelte mit großer Kelle,
ich dachte an den Wasserschaden
und half der Schwester schnelle.

Der Schaden folgte sicher doch,
Steine aus der Decke lösten sich,
hinterm Eisschrank ein Riesenloch,
meine Nachbarin schrie ja nicht!

Und Rauchschwaden stiegen hoch,
„Margret, wir müssen runtersausen,
die kommen aus dem großen Loch,
irgendwas ist mit der Krausen!"

Und Margret aus dem Fenster sah,
sie wurde auch schon aufgeregt,
Rauchschwaden waren selbst da,
wer weiß, was da in Flammen steht!

Die alte Krause schlurfte raus,
voll Ruß an Händen und Gesicht,
wie sah'n denn ihre Betten aus,
nein, Feuer war das nicht!

Es rußte aus dem Kachelofen,
der schmiss gar keine Wärme,
Sie musste aufs Außenklo loofen,
die Gase gingen auf de Gedärme!

Wir lockerten nun das Ofenrohr
und waren voller Dreck,
wie'n verschloss'ner Darm sah's aus,
erfüllte nicht mehr seinen Zweck.

Ein Glück, wir waren ja zu Haus!
Es gaste ohne Pause;
das Wasser entdeckte ihre Not,
der Schaden bewahrte Frau Krause
vor ihrem sicheren Tod!

Wenn einer in 'nem Miethaus wohnt

(Im 21. Jahrhundert)

Ingrid Ursula Stockmann

Wenn einer in 'nem Miethaus wohnt,
ja hört, was kann er da erleben!
Der Worte es sich gar nicht lohnt
und dass der Mensch da bleibt zugegen.

Dort schlief die Nachbarin nicht gut,
in diesem schönen Vorderhaus.
Sie schreckte hoch durch Nachbars Wut,
das war weiß Gott kein Ohrenschmaus.

Es wohnte einer nebenan,
der schleppte schwere Beutel, Säcke.
Das hatte ihr nicht weh getan,
was er da wohl vor ihr verstecke?

Man hatte ihr's ja gleich gesagt:
„Zieh da nicht ein, da wohnt ein Schwein!"
Ein Schwein, das so zu lästern wagt,
wie konnte man so boshaft sein?

Und diesmal kam die schlimmste Nacht,
da rumste und vibrierte es.
Die Arme schreckte hoch durch Krach,
sie hielt sich an ihr'm Bette fest!

Als hätte jemand einen Schrank,
zerhackt, geworfen an die Wand!
Als hätte jemand ohn' Verstand
sein' Kühlschrank als Gespenst verkannt!

Es klirrte, schleifte schauerlich,
es kreischte, wie 'ne Kettensäge.
Nein, hatte der sie alle nicht?
Und nun ertönten Hammerschläge.

War sie verrückt, all das zu denken?
Durch sein Fenster drang kaum Licht.
Sie tat sich bald den Hals verrenken,
doch nichts genaues sah sie nicht.

„Was soll die Polizei ich rufen!
Er steht dann vor mir aufn Stufen
und macht mir schließlich den Garaus.
Dann bin ich tot - und aus die Maus!

Zur Nachbarin getrau ich mich
ja auch nicht hin, das kann ich nicht,
denn geh' ich raus, er mich erwischt;
das wäre ja ganz fürchterlich!"

So dachte sie in ihrer Not.
Es wurde still. War er denn tot?
Sie traute sich nicht rauszugeh'n
und klingelnd vor der Tür zu steh'n.

Und schließlich, in den Morgenstunden,
da hatt'se wieder Mut gefunden.
So ging sie raus, ganz unumwunden.
Sie lauschte an der Wohnungstür!

„Ich hab' geträumt; so friedlich hier.
Da schläft der Kerl, zersägt 'ne Eiche;
wer so laut schnarcht, ist keine Leiche!"
Doch zog sie aus, aus diesem Haus.

Später dann, ging sie spazieren mal,
zum Hause ihrer alten Qual,
sah Sperrmüll in der Toreinfahrt.
Wer das wohl so zerdroschen hat?

Ein Kühlschrank, der war auch dabei,
und Echtholz-Teile, mehr als drei.
Und eine alte Kettensäge:
„Wonach macht man hier Mietverträge?"

Es geht die gute Mieterschaft
und bleibt die schlimme Nervensäge.
Das Miethaus ist halb leergezogen,
Frau Schulze hatte nicht gelogen:

„Hier wohnt ein armes Schwein im Haus,
das drängelt alle Mieter raus.
Doch echte Schweine, jeder weiß,
die sind dagegen ‚Engeln' gleich."

Worüber Nachbarn tratschen

Katzentanz

Bernd Stockmann

Der Kater hatte Fell geschluckt
und nachher wieder ausgespuckt.
Herr Bergmann hat das Bett verlassen,
er musste dringend Wasser lassen.
Trat in die Kotze in der Nacht,
Rumpelstilzchen war erwacht.
Hüpfte rum der alte Wicht,
beruhigen konnte er sich nicht.

Badlied

Bernd Stockmann

Der Mann, der singt im Kämmerlein,
die Frau, die singt im Bad,
das liegt daran,
dass der Mann
die tief're Stimme hat.

Es singt die Frau im Bad sodann
ihr helles schönes Lied,
denn das klingt dort
so wunderschön,
wie sie den Klang hier liebt.

So finden sie wohl nie zusamm',
es seie denn es liegt,
das Bad neben
dem Kämmerlein,
da hamm' sie sich verliebt.

Die beiden Stimmen fanden sich,
und das ist wunderschön.
Sie sing'n für euch
jetzt im Duett,
drum lass sie gleich ertön'.

Der Mann, der singt im Kämmerlein,
die Frau, die singt im Bad,
das liegt daran,
dass der Mann
die tief're Stimme hat.

Floßfahrt

Bernd Stockmann

Er schiffte auf dem Saalefloß.
Urin sich von dem Floß ergoss.
Doch war der Weg sehr eng zum Trog,
sodass er von der Reling flog.
Er schwamm erst hin und wieder her.
Sein ganzer Anzug tropfte sehr.
Er schaute recht bedröppelt drein,
ein letztes Bier, das musste sein.
Sein Handy voller Wasser war,
es trocknete und ging sogar.
Im Rückblick konnten alle lachen,
würden die Floßfahrt noch mal machen.

Sattelschlepper

(... von der Straße abgekommen und umgekippt)

Bernd Stockmann

Einen Sattel zu schleppen
ist nicht leicht.
Für den ganzen Weg
hat die Kraft nicht gereicht.
So kam er von der Straße ab
und ist dort gleich zusammengeklappt.
Er musste neue Kräfte tanken,
denn er konnte nur noch wanken.
Nach einer kurzen Pause dann,
kam er jedoch am Zielort an.
Kommst du auch nicht gut in Fahrt,
hilft dir vielleicht dieser Rat:
Musst du mal 'nen Sattel schleppen,
können dich nur Pausen retten.

Nachbarskinder

Bernd Stockmann

Nach der Schule im Wintergarten
müssen auf Mutti die Kinder warten.
Denn würden es Schlüsselkinder sein,
kämen sie alleine rein.

Das Nachbarn-Lied

(06.07.2012)
Ingrid Ursula Stockmann

Herr Fantel, der Trampel,
Herr Schandel, der Pampel,
Frau Petze mit Krätze,
Frau Brocken mit Gonokokken,
die Kinders von Schinders,
die Rackers von Packers,
die Kotzer und Kotzbrocken,
die müssen ausgerechnet
in unserm Haus hocken,
ja, in unserm Haus hocken!

Bei Fantel, die Ampel,
fliegt runter vom Balkon,
dem Schandel, dem fliegt
die Unterhose davon.
Frau Petze laut lacht,
weil man Wäsche nicht
ans Küchenfenster macht.
Frau Brocken war baden,
drum hat jetzt Herr Maden
an der Decke den Schaden,
ja, was für ein Schaden!

Und unten da wird
gesägt und gekloppt,
in der Mitte die Petzen,
die stichelt und mobbt.
Jetzt kommt die Brocken
trotz ihrer Kokken,
mit Haut und Locken
so richtig in Schwung
und stampft und schreit
nach Mietminderung,
ja, nach Mietminderung!

Es gab mal im Märchen
ein ganz andres Haus,
da halfen sich Nachbarn
mit Hühnereiern aus.
Bei der Dachbodenfete
tauschte man Geräte,
bei der Feier im Waschhaus,
da ließ man die Sau raus.
Ja, richtig, die Sau!

Hinterm Haus stand der Grill,
für jeden, der will.
Man killte das Bier,
es hielt sich nicht lange,
tauschte Waren hier,
die waren Mangel.
Die Miete war billig,
die Mieter war'n willig,
ja, sie war'n willig.

Fliesen gab's keine,
auch Klobecken nicht,
Wannen nicht in Sicht.
Das hielt sie in Schwung,
man bettelte und schrie
nur zum guten Zweck
nach dem Forumscheck,
statt nach Mietminderung,
statt nach Mietminderung!

Herr Fantel, der Trampel,
Herr Schandel, der Pampel,
Frau Petze mit Krätze,
Frau Brocken mit Gonokokken,
Die Kinders von Schinders,
die Rackers von Packers,
die Kotzer und Kotz'rinnen,
sie alle, die spinnen,

und dann noch Herr Maden,
der hat ja den Schaden,
und alle voll durchgeknallt,
sie werden nun alt.
Bald kommen die Maden,
und wer hat den Schaden,
ja, wer hat den Schaden?

Das Nachbar-Schnucke-Leid-Lied

Ingrid Ursula Stockmann

Mein Nachbar, Herr Schnucke,
was der alles kann,
der hört laute Mucke,
weit nach'm Sandmann,
den krieg ich noch ran!
      Den krieg ich noch ran.

Der alte Herr Schnucke,
im Maul keinen Zahn,
der war doch schon längst
mit der Hausordnung dran,
den zeig' ich noch an!
      Den zeig' ich noch an.

Der Schnucke, dort hinten,
der frisst Hackepeter,
und nach der Verdauung,
da wird's Kacke später.
Das wird ja bald stinken!
      Das wird ja bald stinken.

Mein alter Herr Nachbar
hat Sch...önes am Hacken,
latscht vor die Tür da,
es bleibt was dran backen,
den werd' ich noch packen!
      Den werd' ich noch packen.

Der alte Herr Schnucke,
der hat keine Frau,
er stinkt aus der Luke
wie eine Pottsau,
den schlag' ich noch blau!
    Den schlag ich noch blau.

Und schlau sind de Schnuckes,
nur wenn'se verrecken,
es wird der böse Nachbar
für alle zum Schrecken,
der wird noch verdrecken!
    Der wird noch verdrecken.

Herr Schnucke, mein Nachbar,
der ist wieder blau,
der kommt aus der Nachtbar,
sein Face ist aschgrau,
na, wenn ich den hau'!
    Na, wenn ich den hau'.

Mein Nachbar, der pisst
in'n Fahrstuhl hinein,
de gelbe Brühe fließt
aus sei'm Hosenbein,
den krieg' ich noch klein!
    Den krieg' ich noch klein.

Herr Schnucke, mein Nachbar,
der uralte Tropf,
der stiebt ausm Fenster
sein' Staub auf mein' Kopf,
den pack' ich am Kropf!
      Den pack' ich am Kropf.

Mein Nachbar, der sitzt
auf sein' beiden Ohren -
und sein Gehirne ist
schon längst eingefroren,
der hat jetzt verloren!
      Der hat jetzt verloren.

Mein Nachbar, der stinkt,
als wär' er 'ne Sau,
man holt seine Leiche,
jetzt war er mal „schlau",
ja, jetzt war er schlau!
      Ja, jetzt war er schlau!

Und bei sei'm Begräbnis,
die Rede so schön...
Es war'n Missverständnis,
das ist jetzt zu seh'n,
kann ihn besser versteh'n!
      Kann ihn besser versteh'n.

Gereimte Werbung für Nachbarn

Für Nachbarn
aus dem „Blumenkästchen" geplaudert
(Landsberg, 05.02.2012)
Ingrid Ursula Stockmann

Wer wird noch den Gartenkatalog kennen?
Er tat sich das „Blumenkästchen" nennen.
Da wurde man zum Angeben animiert,
damit der Nachbar auch nach Besitz giert.
'ne winterharte Banane lockte auf der Seite,
schon für sich alleine erzeugte sie viel Freude.
Sie spreizte sich: Kauft mich, Leute!

Aber der Katalog warb ganz anders zum Kauf:
Stellen Sie die Banane in Ihrem Vorgarten auf!
Ihre Nachbarn werden Sie darum beneiden!
(Denn Neid ist gut fürs Geschäft,
wenn der Nachbar ihnen alles nachäfft.)

Und so war es auch auf anderen Seiten.
Ärgern Sie die Nachbarn mit ihrem Besitz,
(denn die sind ja genauso gewitzt,
auch andere öffnen ihr Portemonnaie,
nicht nur für die Bananen im Schnee.)

Da können Sie suchen, da können Sie fluchen,
Gartenkatalog „Blumenkästchen" gibt's nicht mehr,
drum eben, bitte sehr!

Schon gelesen?
Schon empört?

Ingrid Ursula Stockmann

Ich wär' doch glatt empört,
hätten andre Branchen vom Katalog „Blumenkästchen"
nicht nur gehört, sondern ihn überboten!

Ja, so hört!
Es gäbe dann solche Mätzchen,
wie Kosmetikkatalog für „Körper und Pfoten".

Kaufen Sie kein Sonn'öl „Schmier-ta-ta",
dann haben sie keine edelbraune Haut
und schön ist allein ihr Nachbar!

Kaufen Sie keine Nachtcrem' „Falti-ma",
dann schießen Ihre Falten ins Kraut
und Sie kommen in keine Nachtbar.

Das gab es alles früher mal;
wenn heut' man Werbung schaut,
ist diese denn aufrichtig und klar?

Verschiedene Typen und Situationen

Kurz gesagt in ELFCHEN-Form

Margit S. Schiwarth-Lochau

Trinker
ist Familienvater
morgens mit Kater
schreit seine Kinder an
hick

Polizei
schnell herbei
der Mann schlägt
alles kurz und klein
einsperren

Hausmeister
Birne kaputt
in Ecken Schutt
schleppt Leiter und Besen
genervt

Liebespaar
Betten quietschen
Dusche plätschert laut
Untermieter findet keine Ruh
versaut

Besucher
gern gesehen
bringen Geschenke mit
sollen nach dem Essen gehen
Fernsehserie

Nachbarin
neugierige Frau
weiß alles genau
lauscht an fremden Türen
blamieren

Kinder
wie Bilder
Gesichter wie Affen
benehmen sich voll daneben
grässlich

Studenten
sollten lernen
feiern Partys gerne
Semesterferien viel zu lange
lebensfroh

Fahrräder
wecken Interesse
standen im Flur
von ihnen keine Spur
geklaut

Streitigkeiten
mit Nachbarn
sollst tunlichst vermeiden
wollen dich gleich anzeigen
unberechenbar

Rentner
viel Zeit
warten auf Enkel
Oma Opa sind bereit
verwöhnen

Hausfrau
Fernseher an
endlich etwas Ruhe
Kinder in der Schule
funktionieren

Bengel
große Klappe
vor keinem Respekt
verzapfen sehr viel Mist
bescheuert

Haustier
nicht erwünscht
weil es stinkt
quiekt bellt mauzt pfeift
widerlich

Mädchen
zicken rum
sind alle dumm
das meinen viele Kerle
aufregend

Gereimte Witze

Kneipenwitz für Nachbarn

Bernd Stockmann

Der Tünnes und der Schäls, die beiden,
die konnten sich schon recht gut leiden.
Und wie sie aus der Kneipe gingen,
fingen sie auch gleich an zu singen.
Doch eines, das müsst ihr noch wissen,
die beiden mussten mächtig p...ullern.
Nur weit und breit, da war kein Baum,
so stellten sie sich an 'nen Zaun.
Nun ließen sie es beide laufen,
denn sie waren mächtig saufen.
Der eine laut, der andre leise,
ein jeder tut's auf seine Weise.
Da sagt der eine, es macht keinen Sinn,
hörst du nicht, wie laut ich bin?!
Sagt der andere, es ist zwar Kacke,
aber du pinkelst aufs Blech
und ich an deine Jacke!

Blöder Nachbar

Bernd Stockmann

Keiner, Niemand und Blöde
wohnen in einem Haus
und oft glotzen sie
aus dem Fenster raus.

„Keiner
ist von meinen Nachbarn einer.
Der hat mir auf den Kopf gespuckt,
da hab' ich aber blöd geguckt."

„Und da war noch Niemand,
der selten den Weg zur Tür fand,
doch der hat's gesehen,
was da grad' geschehen."

„Was für eine Sau,
Herr Wachtmeister, ich erzähl's Ihnen genau."
Da fragt der Beamte Ede:
„Sagen Sie mal, Sie sind wohl blöde?"

„Ach, Herr Wachtmeister,
Sie kennen mich wohl?"
 „Das macht ihn nun auch
nicht mehr fett, den Kohl."

Das Nachbarn-ABC

Ingrid Ursula Stockmann

A-B-C-D -
Nachbarn erzählen Schnee:

Herrn A tut der Arm weh,
drüber spottet Frau B.
Herr C ist ein Chamäleon,
Frau D erzählte davon.

X-Y-Z -
Nachbarn sind nicht nett:

Herr X hat das gewisse Nix.
Herr Y quarzt auf dem Balkon.
Frau Z ist toll im Bett.

Nachbarn sind nicht immer

Ingrid Ursula Stockmann

Nachbarn sind nicht immer
das A und O sowie

auch nicht das G und E,
also, das Gelbe vom Ei,

nicht die Creme de la Creme,
oft sind sie nicht mal schön,

also nicht C und S,
sie müssen uns nicht versteh'n.

Schluss jetzt!

Vierter Teil:

Gemeinheiten und Entspannung

Schutzengel-Gebete

Schutzengelgebete
Ingrid Ursula Stockmann

Hilf mir, Michael (bietet Schutz in jeder Situation)

Einer hat das Hauslicht geklaut,
wenn's mir nun die Beine weghaut,
„Micha", fang mich bitte auf,
führ mich sicher durch das Haus,
lade dich auch ein zum Schmaus,
Schnaps gibt's viel, in Saus und Braus.

Michaels Antwort

Schutzengel saufen nicht,
hier, für dich, neues Licht,
schraub die „Birne" ein,
alle werden artig sein!
Nachbarn bessern sich,
werden wieder gut,
schwinden wird die Wut.

Forderung an Haniel (Engel der Kommunikation)

Oh Haniel, oh Haniel!
Mein Nachbar, das Kamel,
das Leben versaut
hat er mir,
hat geklaut,
das Trampeltier.
So hilf doch mir!

Haniels Hilfe

Haniel erschien
dem Nachbarn im Traum:
„Man darf nicht klau'n,
dem andern nichts versau'n,
sag ihm doch,
wie arm du bist,
aber bitte,
klaue nicht."

Jophiel (Engel der Freude, Hilfe bei Depression)

Jophiel, mein Nachbar, der ist
ohne Seel' und Ehr',
jener versaut mir den Tag.
„So geh in die Natur,
weil die dich mag.
Zeig ihm die grünen Bäume,
ich schicke ihm dann Träume."

Nicht ganz ernst gemeint

Ingrid Ursula Stockmann

Da fang' ja Engel
zu fluchen an!

Hausbewohnerin:

Du heiliger Strohsack,
du heiliger Bimbam,
ich steck' im Fahrstuhl,
die Tür bleibt zu.

Wer war der Dämlack,
hat das getan,
wer war so „schwul"?
Dreimal verflucht!

Wer hat heut Dienst,
wo ist der Plan?
Andreas, du?
Der Gabriel?

Schutzengel:

Ich glaub', du spinnst,
halt mal die Luft an,
du dumme Kuh,
verfluchte Seel'!

Da fang' ja Engel
zu fluchen an!
Auf Schimpfen hören
die Englein nicht,

sind keine Bengel,
oh Mannomann!
Die Flüche stören,
drum lieber sprich,
's ist nicht zu spät,
ein braves Gebet.

Mein Oberengel
darf's nicht hören,
weil's nicht durchgeht,
dass Engel fluchen.

Wer's trotzdem macht,
muss andre Arbeit
sich künftig suchen.

Oberengel:

Schimpfen ist menschlich,
Schimpfen ist „englich"!
Du kannst nichts dafür.
Entsperre die Tür!

Das NGBL

(Das Nachbarschafts-Gesetz-Blatt)

Ingrid Ursula Stockmann

Fragen Sie mal Freud[18],
wie das so geht,
das Gerangel um
Geld/Geltung,
Macht und Sexualität.
Da hilft leider kein
„NGBL",
ein jeder gehe in sich
schnell,
So manche Gesetze
schreibt nur das Leben,
na eben!

Landsberg, 04.02.2012

---

[18] Sigmund Freud, Begründer der Psychoanalyse.

Das verdrehte NGBL

(Nachbarschaftsgesetzblatt)

Ingrid Ursula Stockmann

§1:   Gegenseitige Rücksichtnahme

Absatz 1:   Stellt der Nachbar sein Radio laut,
machen Sie das auch,
damit er sich nicht einsam wähnt
und vor Langeweile gähnt.

Absatz 2:   Wenn der Nachbar auf den Boden stampft,
stampfen Sie ebenso,
das ist kein Kampf,
er ist über die Antwort froh.

Absatz 3:   Sollte der Nachbar laut brüllen,
darf man sich nicht in Schweigen hüllen,
brüllen Sie zusammen Stereo,
das macht Nachbars Herze froh.

Absatz 4:   Ihr Nachbar kann den Kinderwagen
nicht jedes Mal nach oben tragen.
Sie stellen sich nur selbst ein Bein,
legten Sie da Hundekacke rein.

§2: Gegenseitiges Interesse

Absatz 1: Sollten Sie den Einkauf nach oben hucken,
lassen Sie'n Nachbarn am Türschlitz gucken,
zeigen Sie ihm alle Tüten,
denn sonst würde er wüten.

Absatz 2: Kleben Sie Nachbars Spion nicht zu,
sorgen Sie stets für Sichtfreiheit,
lassen Sie ihn gucken ganz in Ruh',
der Nachbar interessiert sich für Ihr Leid.

§3: Gegenseitige Toleranz

Absatz 1: Lassen Sie Ihren Nachbarn gewähren,
sollte er sich beim Vermieter beschweren,
das ist ein alter Brauch,
Sie könnten das doch auch.

Absatz 2: Der Nachbar darf Dreck vor Ihre Türe schieben,
auch wenn Sie seinen Schmutz nicht lieben,
er soll's aber nicht mehr nach sieben,
denn das ist gesetzlich vorgeschrieben.

Absatz 3: Lassen Sie'n Nachbarn die Haustür verschließen,
bei Zugluft friert er an den Füßen,
auch wenn er's macht, bevor Sie kommen,
dann wird das freundlich hingenommen.

Paragraf 1 Absatz 4 NGBL!
Rettet Wagen
HAUSORDNUNG!
PENG
(ik)

Jch pfeife auf Paragraf 4, Absatz 1 des NGBL!
GIFT Ratten
Toreinfahrt frei halten! Der Hauswirt
Nero
(ik)

§4:   Gegenseitige Hilfe

Absatz 1:   Wenn Ihr Hund fast täglich bellt,
dass der Nachbar Gift hinstellt,
sagen Sie ihm besten Dank,
braucht er nicht, er ist nicht krank.

Absatz 2:   Im Treppenhaus sin' de Schuhe weg,
das hatte doch bloß einen Zweck,
das war für Sie vor allem,
dass'e über die Schuh' nich' fallen.

Absatz 3:   Nimmt der Nachbar Ihr'n Abtreter weg,
dann hat das doch e' nützlichen Zweck,
Sie wollten ja längst ein' neuen besorgen,
nie wieder verschieb'n Sie das auf morgen.

§5:   Gegenseitige Freundschaft

Absatz 1:   Nehm' Sie dem Nachbarn die Freundin weg,
dann können Sie ihm ja Ihre geben,
er erkennt darin 'nen guten Zweck,
und wünscht ihn' dann ein langes Leben.

Absatz 2:   Geb'n Sie vorm Urlaub Ihr'm Nachbarn die Schlüssel,
un' neugierig schnüffelt er mit seinem großen Rüssel,
dann sagen Sie sich nur „Gott sei Dank",
er würde auch schnüffeln jedweden Brand.

§6: Gegenseitige Verantwortung

Absatz 1: Der Nachbar hat Ihre Fische schön gefüttert,
nun schwimmen ihre Bäuche nach oben,
er hat keine Schuld, und Sie sind erschüttert,
der Urlaub sei Fischbesitzern künftig verboten.

Absatz 2: Der Nachbar war Ihr Urlaubsvertreter,
fürs Blumengießen, weiß ein jeder,
nun hängen die Köpfe, Sie sind in Nöten,
bleiben Sie daheim, so sparen Sie Kröten.

§7: Gegenseitiges Verständnis

Absatz 1: Geben Sie dem Nachbarn den Parkplatz,
sein Bedürfnis müssen Sie verstehen,
dafür können Sie mit seinem Schatz
demnächst sogar ins Bette gehen.

Absatz 2: Steigen Sie über Nachbars Fahrrad,
wenn es im Wege steht,
denn auch Ihr Kinderwagen
steht ihm im Weg.

§8: Gegenseitiger Anstand

Absatz 1: Lässt der Hausgenosse einen Furz,
„wohl bekomms", sagt man ihm,
den „Alki" rettet man vorm Treppensturz
und stellt ihm noch'n Kotzeimer hin.

Absatz 2: Der Nachbar sagt dann vielen Dank,
aus deinem Maule kommt Gestank,
und lächelnd sagt man Dankeschön,
ich wollte grad zum Zahnarzt geh'n.

§9: Gegenseitige Gönnerhaftigkeit

Absatz 1: Der Nachbar lobt Ihr'n neuen Schlitten,
tun se ihn ja zum Ausflug bitten,
sonst spickt er Ihre Reifen mit Zwecken,
und wenn schon, er will Sie bloß necken.

Absatz 2: Der Nachbar lobt Ihr'n Vorgartenzwerg,
doch vor Ihrer Tür liegt ein Berg,
er ist aus Scheiße, wie man riecht und sieht,
er gönnt ihnen das, weil er Sie so liebt.

§10: Gegenseitige Achtung

Absatz 1: Achtung, da kommt der Nachbar munter.
Rette dich, spring schnell zur Seite,
pass auf, er stößt dich die Treppe runter,
denn du hast Geld und er ist pleite.

§11: Gegenseitige Vorsicht

Absatz 1: Könnten Sie vielleicht mal womöglich
auch die große Hausordnung machen,
lieber guter Mann, es wäre löblich,
vor Freude würd'ch mit ihnen lachen.

Absatz 2: Als vorsichtige Ausrede wäre fein:
Hausordnung hat mir der Arzt verboten;
ich habe gefragt, er sagte „Nein",
jeht nich' mit Ihre' Gichtpfoten.

§12: Gegenseitige Höflichkeit

Absatz 1: Sage nie, na so'n Gesocks(e),
Ihr Nachbar ist doch bloß'n Ochse,
sage immer schönen guten Tag,
weil der Nachbar Sie auch gern mag.

Nachbarschaftsstreitigkeiten überm Gartenzaun

„Experten" antworten am Telefon[19]

Margit S. Schiwarth-Lochau

Die Anregungen des „Experten" bitte nicht in die Tat umsetzen!

Frage: Was kann ich tun? Mein blöder Nachbar parkt nach dem Einkaufen immer vor meiner Toreifahrt und behindert damit die Grundstückszufahrt.

Antwort: Dem würde ich einen Denkzettel verpassen! Wie wäre es damit, ihm einen Reifen zu zerstechen?

(BGH Karlsruhe, AZ: V ZR 154/10: „So dürften Autofahrer einen Wagen zum Be- und Entladen auch vor einer Grundstückszufahrt abstellen. Sie müssten aber bei erkennbarer Eilbedürftigkeit des Anwohners den Ladevorgang unterbrechen, um die Zu- oder Abfahrt zu ermöglichen...")

Frage: Mein Nachbar hält zwei Hunde, die mit Vorliebe auf meinen gepflegten Rasen scheißen. Kann ich vom Nachbarn verlangen, dass er sein verwahrlostes Grundstück einzäunt, sodass seine Tölen mich nicht mehr belästigen können? Welche Schritte kann ich unternehmen, wenn der sich weigert?

---

[19] In Anlehnung an den Ratgeber „Ärger am Gartenzaun" in der Mitteldeutschen Zeitung vom 27.02.2012).

Antwort: Wenn Sie ein Luftgewehr haben, schießen Sie den Viechern doch in den Hintern! Das werden die sich merken. Sie können auch Steine werfen. Eine Anzeige ist auch möglich.

(Laut §22 des Nachbarschaftsgesetzes kann man „die Umzäunung eines Grundstücks verlangen, wenn dies zum Schutz vor nicht nur unwesentlichen Beeinträchtigungen erforderlich ist." „Insbesondere muss ein Eigentümer sein Grundstück einfrieden, wenn davon Gefahren ausgehen.")

Frage: Mein Nachbar hat auf seinem Grundstück einen mindestens 10 Meter hohen Laubbaum, der nur 1 Meter von der Grundstücksgrenze entfernt ist. Wir liegen seit Jahren im Streit, der Baum muss weg oder die Äste dürfen nicht über meinen Zaun reichen. Immer das viele Laub und dann noch der Schatten! Was kann ich tun? Meinen Grund und Boden hat der aber nicht zu betreten!

Antwort: Schneiden Sie die Äste eben selber ab und werfen Sie diese dann über den Gartenzaun! Mit dem Laub würde ich das auch so machen. Oder beauftragen Sie eine teure Firma und stellen alles Ihrem Nachbarn in Rechnung!

(„Laut Hammerschlags- und Leiterrecht darf der Nachbar mit Ihrem Einverständnis Ihr Grundstück betreten und von hier den Überhang beseitigen. Tut er nicht dergleichen, dürfen Sie die überhängenden Zweige selbst zurückschneiden. In diesem Fall hätten sie Anspruch auf Erstattung Ihrer Unkosten...")

Kreuzworträtsel (i)

senkrecht:	waagerecht:
1. Chem. Zeichen f. Selen	7. Abk. f. Handelsorganisation
2. Chem. Zeichen f. Tellur	9. Schimpfwort, Rüsseltier
3. Abk. f. Industriegewerkschaft	15. Anthrazit
4. Abk. f. Berufsakademie	19. Abk. f. Rhode Island
5. Scheuermittel aus Sand und Soda	21. Sternbild
6. Zu einer Insel gehörend	23. Körperteil
8. Augenhöhle, latein.	24. Schimpfwort
10. Weiblicher Vorname	28. Anrede
11. Nebel, engl.	29. Schimpfwort, Verrückter
12. Freiheitsstrafe, Haft	30. Abk. f. Europäische Gemeinschaft
13. Wasserfälle an d. Grenze zw. USA u. Kanada	31. Horizontlinie zw. Meer und Himmel
14. Von höchster Güte, engl., hochmodern	33. Abk. für Intensivstation
16. Frische unerhitzte Nahrung	34. Historische Region im NO Frankreichs
17. Beruf	37. Titelgestalt der Oper von Verdi
18. Alt, engl.	39. Raubfisch
20. Verrückte	40. Straßenbahn
22. Abk. f. Nationalsozialismus	41. Dt. Chemiker, geb. 1954
25. Auerochse	42. Riechkolben, Gurke
26. Loyalität, Ergebenheit	44. Erloschen
27. Menschl. o. tier. Keimzelle	45. Grammatische Form von haben
32. Frühere Bez. f. d. japan. Kaiser, Spiel	46. Nebenfluss der Donau
33. Abk. f. Industrie- und Handelskammer	47. Männl. Vorname
35. Schimpfwort, deutsches	49. Nobel
36. Kurznachrichtendienst	51. Einfall
38. Reinigendes, desinfizierendes Mittel	54. Horror, Entsetzen
43. Auf andere, abweichende Art u. Weise	56. Weibl. Vorname
48. Nicht d. herkömmlichen Gesetzen d. Tonalität folgend	57. Kaltgetränk, Brause
50. Mit weichem Material gefüllte Stoffhülle	60. Himmelskörper, (Mehrzahl)
52. Imperativ zu ernten	61. Stadt in Thüringen, Goethestadt
53. Linker Zufluss der Fulda	62. Heißgetränk
55. Ohne Feingefühl, alte Schreibweise	64. Vergeltung, Sanktion
58. Mitarbeiter d. Staatssicherheitsdienstes d. ehem. DDR	65. Med. Abk. f. Krebs
59. Interjektion, lautmalend f. d. Meckern der Ziege	66. Dumme, einfältige männliche Person
61. Ehemals von der Nato aufgestellte Einsatztruppe f. Bosnien u. Herzegowina, Friedenstruppe	67. Toilette
62. Internetakronym f. „Danke im Voraus", engl.	69. Blutverdünner
63. Gefrorenes Wasser	70. Mensch, der keinerlei Achtung genießt
68. An, engl., sichtbarer Bereich, Vordergrund	71. Kleinste Art der Hirsche in Europa
	72. Auf keinen Fall

Suchsel (m)

Suche 18 Beschimpfungen!

A	B	D	R	E	C	K	F	R	E	S	S	E	I	N
S	E	S	E	L	P	L	U	D	E	R	L	I	G	A
N	K	G	E	L	K	A	Z	E	G	E	O	F	I	C
S	L	I	D	I	O	T	Z	K	L	Ö	T	E	N	H
T	O	F	E	L	T	S	I	B	O	L	D	T	B	T
I	P	T	R	A	S	C	H	I	T	E	R	T	U	W
N	P	N	E	U	E	H	A	E	Z	R	U	W	C	Ä
K	T	U	I	S	R	B	U	S	A	E	D	A	H	C
T	E	D	D	Y	M	A	S	T	U	G	E	N	D	H
I	R	E	B	A	A	S	H	A	G	E	L	S	E	T
E	I	L	R	A	T	E	A	B	E	N	D	T	E	E
R	B	R	U	S	T	G	R	A	P	S	C	H	E	R
A	E	B	D	R	E	C	K	S	C	H	W	E	I	N
K	N	A	C	K	E	R	E	D	Ä	M	L	A	C	K
V	O	R	G	A	R	T	E	N	Z	W	E	R	G	M

230

Bilderrätsel (m)

1	S	C	H					P	Ü			C	H		N	
2			Z		G				B			T	Z			
3																
4											W					
5																
6										Ä						
7					T		W				T					
8									S	C	H					E
9				E	U											
10					E	U		S								

232

(mk)

Bilderrätsel (i)

Zu erraten sind 16 Beschimpfungen in versteckten Bildern

Bild 1		A			F			E						
Bild 2				L	L					L			G	
Bild 3		1	2	3			E		I					N
Bild 4		I					D							
Bild 5	P			Z		4								
Bild 6			5		K				S					
Bild 7		6		G			B							
Bild 8		U	E						G					
Bild 9					R			7		8		G		
Bild 10	X			-	9	10	11		T					
Bild 11			12			R				H				
Bild 12		P					L							
Bild 13			13		C				T					
Bild 14	A					O					14	K		
Bild 15			B					H			P			
Bild 16		15			S		W		N					

Lösungs-Beschimpfung:

1	2	3	4	5	6	7	8	9	10	11	12	13	14	15

234

Sätze ergänzen

Margit S. Schiwarth-Lochau

Vervollständigen Sie spontan die vorgegebenen Sätze oder setzen Sie passend ein!

Damit trainieren Sie die Fähigkeit zu gemeinen Beleidigungen und Drohungen. Gemein heißt einfach; jedoch ganz so einfach ist das nicht: Beleidigungen müssen sitzen. Peng!

Doch werden sie im Streitfall wirklich nützen?

Beispiel 1:

Wenn Ihr *stinkender* Köter noch mal vor den Hauseingang *macht,* dann *packe ich die Scheiße unter Ihren Abtreter (in Ihre Schuhe).*

Beispiel 2:

Wenn Sie *Dreckschwein* nicht bis morgen Ihre *versiffte* Matratze aus dem Keller geschafft haben, dann _____ *(kotze ich vor Ihre Tür)!*

Beispiel 3:

Ihre _____ Treter sind eine _____. Die gehören nicht ins Treppenhaus, sondern in _____!

(zerrissenen/beschissenen, Stolperfalle/Zumutung, Mülltonne)

Sätze ergänzen:

* Sie _____ haben meine Nachtruhe gestört!

  Wenn Sie Ihre _____ nicht leiser machen, dann

  _____!

  (Oberidiot, Affenmusik/Horrormusik, rufe ich die Polizei)

- Wenn du _____ wieder nicht die Hausordnung machst, dann kippe ich dir _____ vor die Tür!

  (Schlampe, einen Eimer Dreck)

- Sie _____, Ihre Latschen stinken nach _____ und gehören nicht vor die Wohnungstür!

  (Nachttopfschwenker, alter, Katzenpisse)

- Sie _____, hören Sie nicht, das _____ Dauerrauschen Ihrer _____ _____?!

  (Nachtjacke, blöde, nervige, Klospülung, elenden/kaputten)

- He, Sie _____, Sie haben schon wieder _____ offengelassen! Die Türe muss _____ werden.

  (Nachtwächter, doofer/alter, die Haustür, zweemal, rumgeschlossen)

- Sie _____! Ihre _____ gehören nicht in die gelbe Tonne.

  (Umweltfrevler, ignoranter, Zigarettenkippen)

- Achtung, Sie _____! Schneelawinengefahr! Wenn Ihnen was auf 'n _____ fällt, werden Sie vielleicht _____.

  (Traumtänzer, Eierkopp, wach/munter)

- He, du _____, dein Gegröle geht mir ordentlich auf _____.

  (Radaubruder, elender/rücksichtsloser, die/den, Nerven/Zeiger)

- Sie _____, wenn Sie nochmal Ihre _____ auf meinen Balkon werfen, dann schicke ich Ihnen _____.

  (Feuertüte, blöde, Kippen, ein Ekelpaket)

- Alter _____! Wenn du mir morgens vom Fenster aus hinterher glotzt, dann nimm wenigstens den _____.

  (Popelfritze, aus, Finger, der, Nase)

- He, du _____! Wenn du schon deinen _____ von Mann _____, lass wenigstens die _____ in Ruhe, sonst gibt es 'ne Anzeige!

  (Xanthippe, blöde, Waschlappen, verkloppst, Kinder/Wänster)

Schlusswort

Ingrid Ursula Stockmann

Wenn Schimpfen hängt zum Halse raus,
und Hass zerfrisst die Seele,
dann denkt der Mensch sich Bess'res aus,
kommt wieder von der Stelle!

Ewig leiden ist verkehrt,
gib dir selbst deinen Wert,
dann, eins - zwei - drei,
ist der Teufelskreis vorbei!
                        Vorbei, Schluss, aus!

Das vielseitige Nachwort

Wozu gibt es Maledicta?[20] Ha! Gleich erscheint eine rote Wellenlinie auf dem Bildschirm. Duden her! Hab' ich doch gleich gedacht. Steht nicht drin, jedoch maligne, lateinisch: bösartig. Und Diktum heißt Ausspruch. Wenn Sie gestutzt haben, kommt das dadurch, dass Sie das Buch von hinten angefangen haben zu lesen. Im Vorwort ist nämlich die Maledictologie erklärt.

Wozu gibt es schlechte Ausdrücke, warum schimpft der Mensch oder flucht so gern? Ich möchte lieber über die Wirkungen Auskunft geben. Eine treffende Beleidigung ersetzt 1000 Worte. Mit der Tabelle „1000 weitere Beschimpfungen zum selber Bauen" kann das gezielte Herausschleudern von Schimpfwörtern geübt werden. Denn allzu oft bleibt einem beleidigten Menschen die Luft weg und er ist sprachlos - im entscheidenden Augenblick. Also muss er durch ein „Schimpfsicherheitstraining" vorbereitet sein.

Die Palette der Maledicta ist groß. Eine Beleidigung soll ja auch sitzen. Also üben, üben, üben. Die beleidigende Wirkung erhöht sich durch Begriffskombinationen, sie steigert sich sozusagen, z. B., du Mehlsack, du fetter Mehlsack.

Oh, Mehlsack haben wir im Wörterbuch vergessen, lediglich Mehlmus ist uns eingefallen. Na ja, es ist unmöglich, alle Varianten aufzuführen, nicht einmal mittels einer Tabelle. Ein zu umfangreiches Wörterbuch würde viel zu schwer werden. Zum Erfassen und Verstehen? Nein, zum Tragen.

Beleidigungen treffen mitunter, wie eingangs erwähnt, einen sogenannten Kindheitsknopf, manche Kinder werden sogar

---

[20] Lateinisch für Schimpfwörter, Beschimpfungen.

„aus Spaß" mit unbedachten Ausdrücken herabgesetzt, wie z. B. Quarknase oder Milchbubi, Steigerungsform Milchreisbubi und nicht zu vergessen Eibemme, vielleicht, wenn sie diese gern aßen. Uns ist leider nur Matzbemme eingefallen.

Wer es auf ein juristisches Nachspiel anlegt, der sollte möglichst kontinuierlich und öffentlich beleidigen; ein guter Tipp für Querulanten. Dann können sich andere auch daran erfreuen, z. B. an den Beleidigungen, die sich an Grundstücksgrenzen abspielen. Man kann es bis in die Medien damit schaffen.

Beim Schimpfen und Beleidigen kann sich der Ungeübte überschlagen oder verhaspeln, deshalb empfehlen wir vorbeugend eine Wortkombination aus maximal drei Wörtern, wie in der besagten Tabelle, also beispielsweise „dreckiger Mülltonnenpisser". Das Zielwort ist in diesem Fall Pisser. Darauf muss das Gehirn hinarbeiten können, ohne einen peinlichen Aussetzer. Beispiel:
Du dreckiger, stinkender, beschissener, verfaulter, verkalkter … äh, … dummes Trampeltier. Zu viele Adjektive und dann noch ein Wechsel des Geschlechts. Wie jetzt? Des grammatischen Geschlechts. Noch genauer nachzulesen in dem Buch Maledicta.[21] Da ist doch die Wirkung im Eimer, wenn man die Grammatik nicht beherrscht. Eimer ist übrigens auch ein Schimpfwort. Und Schimpfwörter muss man nicht gendern. Keiner braucht z. B. zu unterscheiden, ob er mit dummer Eimer oder blöder Bauerntrampel eine Frau oder einen Mann betiteln will, beides geht.

---

21 Balts Nill, Geleitwort in: Flurina Schuler, Maledicta, 143 Beleidigungen, vatter&vatter.

Nicht zu leise oder schlecht artikuliert schimpfen! Dann müsste der Beschimpfte erst mal (höflich) nachfragen und alles wäre verpufft.

Das Schimpfwort muss auch zum Beschimpften passen, am besten zu einem seiner hervorstechenden Merkmale. Zum Nichtraucher sollte keiner Lullen-Dreher sagen. Das würde ihn wundern statt kränken, denn er dreht sich mit Sicherheit keine Zigaretten.

Die Maledictologie ist tatsächlich eine Wissenschaft für sich. Aber ganz ernst sind die gereimten Begriffsdefinitionen und Aussprüche oder Sprüche, ungereimten und gereimten Geschichten, Rätsel usw. nicht gemeint.

Ich erwähnte es schon in unserem „Kleinen Schimpfwörterbuch für Autofahrer":

Im 16. Jahrhundert wurde in Sachsen-Weimar ein „Orden gegen die Untugend des Fluchens gegründet". Und zwar durch Herzog Friedrich Wilhelm I. von Weimar und seinem Bruder. Diese „Antifluchgesellschaft" hat sich aber leider nicht gehalten, trotz der berechtigten Ansprüche an Moral und Anstand. Warum? Fluchen ist menschlich.

Der Autofahrer flucht meist in seiner kleinen geschlossenen Kapsel vor sich hin, um sich in brenzlichen Situationen zu entlasten - falls er nicht gerade aussteigt und dem anderen Autofahrer die Tür abreißt oder einen Vogel zeigt und ihm ins Gesicht schreit, dann wird es persönlicher. Wenn sich Nachbarn gegenüberstehen und Beleidigungen an den Kopf werfen, ist das ganz bestimmt nicht die richtige Art der Kommunikation, zumal keine akute Gefahrensituation besteht. Wie bereits gesagt: Kränkung kann sogar krank machen; da hört jeder Spaß auf.

Jedoch das Lachen über die Dummheit des Beleidigens kann dagegen entlasten.

Wir könnten zu unserer Entlastung auch eine Analyse wagen, um herauszufinden, warum der arme, beleidigende Nachbar so schimpft. Hierzu eine Möglichkeit: Neid! Er ist seinem anständigen Nachbar feindselig gesinnt, weil er ihn vielleicht beneidet. Dieser macht ihm nicht die Freude, schadenfroh sein zu können, da ihm scheinbar alles gelingt oder zufliegt und ihm keiner was Böses antut. Das kann er nicht vertragen und muss sich an seinem friedfertigen Nachbarn dafür rächen. Der armselige Angreifer ist nicht dazu in der Lage zufrieden zu sein.[22] Das liegt an seinem eigenen Innenleben und ist in solch einem Fall nicht der Fehler oder die Schwäche des Angegriffenen. Nur keine Selbstkränkung durch Selbstzweifel! Sollten Sie dazu neigen, gehen Sie zu freundlichen Menschen, die Ihre wahren Werte kennen und Sie gern haben. Eine Selbstanalyse könnte auch entschärfend wirken. War man nicht selbst schon einmal neidisch? Neid ist menschlich. Manche können mit Neid jedoch besser bzw. sozial verträglicher umgehen.

Schön, wenn man dazu in der Lage ist, nach einem Streit gemeinsam über sich selbst zu lachen und die Friedenspfeife zu rauchen. Diesen guten Rat geben uns die ausgedachten Nachbarinnen, Frau Guter und Frau Rath.

Noch ein anderer Versuch der Analyse: Wovor fürchtet sich der kränkende Nachbar, wovon fühlt er sich tatsächlich bedroht, was sind seine Ängste („Bedrohungsangst") aus der Lebensgeschichte, die er auf andere Menschen projiziert? Wenn ein Nachbar besonders stark und häufig schimpft, wütet,

---

[22] Vergleiche auch, Rolf Haubl, Neidisch sind immer nur die anderen, Über die Unfähigkeit zufrieden zu sein, C.H. Beck.

protestiert, könnte das daran liegen, dass er dies schon immer gemacht hat. Hinter seinem Verhalten kann der Protest gegen den kränkenden Kindheitsvater stehen. Seine Nachbarn könnten versuchen gehorsam zu sein, sich anzupassen, um ihn zu beschwichtigen, was ihn jedoch möglicher Weise noch mehr anstachelt. Vielleicht kann er gehorsame Menschen nicht leiden. Jene passen sich übermäßig an, weil sie u. U. schon immer gegenüber ihren Eltern gehorsam sein mussten, um geliebt zu werden. Also hat offenbar jeder Nachbar (Mensch) für sich gesehen einen Grund, sich „so" zu verhalten, sonst würde er sich anders verhalten.

Wenn es Maledicta und die Wissenschaft der Maledictologie gibt, müsste es doch auch Benedicta und die Benedictologie geben. Aber Benedikt oder Benediktus ist ein männlicher Vorname. Wie jetzt? Das führt nun wirklich zu weit. Das menschliche Leben ist zu vielseitig. Eine „komplette" Wahrheit lässt sich nie herausfinden, so auch kein „Kochrezept" für menschliches Verhalten.

Diejenigen, die Spaß daran haben, andere zu kränken und gern über andere lachen, werden unser Buch wohl kaum lesen. Ihnen entgeht die Freude am Nachdenken. Und Hass zerfrisst die eigene Seele, eine der vielen Weisheiten, deren Autoren man schon nicht mehr kennt. Verbitterung kann zu einer Verbitterungsstörung führen; häufige Traumatisierungen durch schockierende, existenziell bedrohliche Kränkungen und lebensbedrohende Ereignisse können komplexe posttraumatische Belastungsstörungen hervorbringen, woran mehr und mehr geforscht wird. Doch Lachen ist gesund. Man sollte sich die Zeit dazu nehmen.

Das Vorwort im Nachwort

Für den, der ein Buch gern
von hinten liest:
Komm'se mal her,
komm'se mal ran,
hier werd'n se besser
bedient als nebenan.

Wenn Schimpfen Ihnen
ist zu peinlich,
hör'n se gerne auf
Lebensweisheiten,
wahrscheinlich,
da könn' wir Sie
bedienen.

Sie stoßen auf 235 gereimte und 1000 ungereimte
Beschimpfungen, letztere in Tabellenform zum selbst Bauen
sowie 30 ungereimte und einige gereimte Geschichten. Obendrauf
erhalten Sie noch ein vielseitiges Beiwerk zu Ihrer Entspannung.
Manches sagen wir auch in stark übertriebenen Bildern. Das ist
deftiger Humor, herausgeschimpft, mit Weisheiten gepaart und
einem ernsthaft-lehrreichen Vor- und Nachwort.

Landsberg, den 08.01.2022

Dr. Ingrid Ursula Stockmann

(ik)

Schluss

Fünfter Teil:

Index

Zeichenerklärung

(i)	ingridisch, mdal.: ingkritisch, von Ingrid gedichtet
(ik)	von Ingrid karikiert
(m)	margittisch, mdal.: markritisch, von Margit gedichtet
(mk)	von Margit karikiert
(ma)	marjanisch, von Marja Makuschewitz karikiert, Tochter von Margit
(b)	berndisch, mdal.: berkritisch, von Bernd gedichtet
(im/mi)	gemeinschaftlich von Ingrid und Margit
mdal.	mundartlich auch
landsch.	landschaftlich
– – • –	das „Q" des Morsealphabets; Eselsbrücke: Zwei Hörner, ein Loch und ein Schwanz, zweimal lang, einmal kurz, einmal lang
• •	das „S" des Morsealphabets
– – –	das „O" des Morsealphabets
• • • – – – • • •	SOS

Rätsel-Lösungen

Suchsel (m)

(Seite 226)

Lösung: 18 Beschimpfungen

A	B	D	R	E	C	K	F	R	E	S	S	E	I	N
S	E	S	E	L	P	L	U	D	E	R	L	I	G	A
N	K	G	E	L	K	A	Z	E	G	E	O	F	I	C
S	L	I	D	I	O	T	Z	K	L	Ö	T	E	N	H
T	O	F	E	L	T	S	I	B	O	L	D	T	B	T
I	P	T	R	A	S	C	H	I	T	E	R	T	U	W
N	P	N	E	U	E	H	A	E	Z	R	U	W	C	Ä
K	T	U	I	S	R	B	U	S	A	E	D	A	H	C
T	E	D	D	Y	M	A	S	T	U	G	E	N	D	H
I	R	E	B	A	A	S	H	A	G	E	L	S	E	T
E	I	L	R	A	T	E	A	B	E	N	D	T	E	E
R	B	R	U	S	T	G	R	A	P	S	C	H	E	R
A	E	B	D	R	E	C	K	S	C	H	W	E	I	N
K	N	A	C	K	E	R	E	D	Ä	M	L	A	C	K
V	O	R	G	A	R	T	E	N	Z	W	E	R	G	M

Kreuzworträtsel (i)

(Seite 224)

Lösungsworte:

T R Ä N E ■ D R A N F U N S E L

Bilderrätsel (i)

(Seite 230)

Lösungswort:

S C H W E I N E M O N S T E R

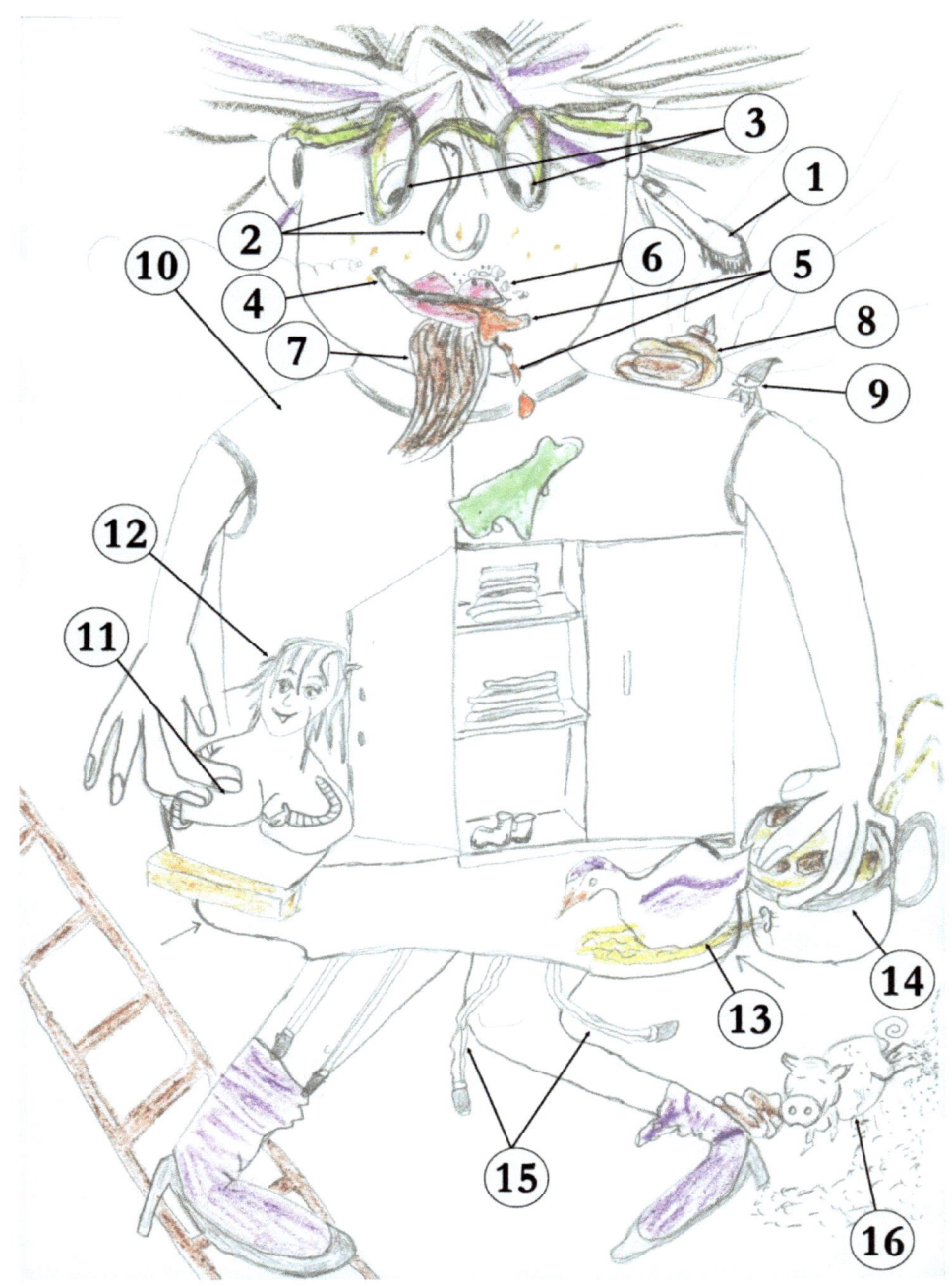

Bilderrätsel (m)

(Seite 227)

1	S	C	H	I	E	L	E	P	Ü	P	P	C	H	E	N

2		Z	I	G	G	E	N	B	I	E	T	Z

3				O	P	A

4					C	L	O	W	N

5			K	U	H

6				B	L	Ä	K	E

7	F	E	T	T	W	A	N	S	T

8			A	R	S	C	H	F	I	C	K	E

9		E	U	L	E	N	G	E	S	I	C	H	T

10		H	E	U	L	S	U	S	E

Kurz - Biographien
Ingrid Ursula Stockmann

Dr. med. Ingrid Ursula Stockmann wurde 1954 in Halle (Saale) geboren. Nach dem Medizinstudium an der Martin-Luther-Universität in Halle von 1973 - 1979 arbeitete sie zehn Jahre lang in der Universitäts-Nervenklinik. Hier erfolgten die Facharztausbildung für Neurologie und Psychiatrie, eine Psychotherapieausbildung (Intendiert-dynamische und Gesprächspsychotherapie, Katathymes Bilderleben, Autogenes Training, verhaltenstherapeutische Methoden) - sowie die Promotion.

Als Erste führte sie auf der dortigen geschlossenen Frauenstation Bibliotherapie und Gruppengespräche durch, arbeitete u. a. sozialpsychiatrisch in der Tages- und Nachtklinik und leitete den Patienten-Club.

1989/1990 wechselte sie zur Kinderpsychiatrie und zum Sozialpsychiatrischen Dienst (Gesundheitsamt). Zusätzlich erhielt sie dort eine Ermächtigung für Sprechstundentätigkeit, führte Gruppenpsychotherapien und Bibliotherapie durch und gründete einen Patientenclub.

1993 - 2020 arbeitete die Ärztin in freier Niederlassung mit Schwerpunkt Psychotherapie. Sie schloss die Ausbildung in Tiefenpsychologisch fundierter Psychotherapie ab.

Angeregt durch ihre Cousine Anke Voigt, Sängerin und Buchautorin, gab sie ihr erstes Buch „Wenn Verwandte über das Leben und die Liebe s(p)innen", eine Familien-Anthologie, 2011 heraus. Mit ihrer Mutter, Margot Skorupa, schrieb sie „Auf Nilpferde hört man nicht". Trotz ihrer ausgelasteten Arztpraxis veröffentlichte sie zwölf Bücher beim BoD Norderstedt und Projekte Verlag Cornelius, die von ihrem Sohn Bernd bearbeitet und gestaltet wurden.

Die Ärztin führt seit über zwei Jahrzehnten interessierte Menschen zu Literatur-, Natur- und Heimatgeschichts-Spaziergängen durch Halle und Umgebung. Die Teilnehmer stellen dabei eigene Texte vor. Bernd und der zweite Sohn, Martin Stockmann, sind auch Buchautoren.

Dr. Stockmann und ihre Schwester, Margit Schiwarth-Lochau, ebenfalls Buchautorin, unterstützen den Stockwärter Verlag von Bernd. Sie war eine der Herausgeber/innen des Lyrikbandes „Es war einmal im Zschopautal" und ließ bereits mehrere selbst illustrierte Jugendbücher „Puppe Elke Doll", „Ein Pechvogel namens Bruno", „Ein Hut geht auf die Reise", „Ria und die unsichtbaren Pferde", „Im Fischerhaus am Berg" sowie „Rettermaxe in Oppidum" und das Zeitzeugenbuch „Annis gestohlenes Kindheitsglück", als bisher 18. Buch, im Stockwärter Verlag veröffentlichen. Ihr Herz gilt der Lyrik und Prosa, zeitgeschichtlichen und fachlichen Themen, v. a. transgenerationale Traumaübertragung.

Margit S. Schiwarth-Lochau

Margit S. Schiwarth-Lochau wurde 1953 in Halle (Saale) geboren. Sie studierte von 1971 bis 1975 an der Pädagogischen Hochschule Halle und war 41 Jahre lang im Schuldienst tätig, davon 30 Jahre als Förderschul- und Beratungslehrerin.

Ab 2010 beschäftigte sie sich intensiv mit der Herausforderung Inklusion, förderte Kinder im Gemeinsamen Unterricht an einer Grundschule, schrieb Gutachten zum sonderpädagogischen Förderbedarf und veröffentlichte 2014 ihr erstes Buch (Sachbuch) „Schule ist doof - Inklusion in der Praxis". Ihre langjährigen Erfahrungen aus der Arbeit mit benachteiligten Kindern und Jugendlichen sowie das Interesse an Fachliteratur sowie Fortbildungen über psychodynamische und psychosoziale Zusammenhänge lieferten die Grundlagen für ihre weitere literarische Arbeit.

In der Kinderbuchreihe „Schule ist cool" sind bereits „Toms Wandlung" (2014), „Susi Tigerherz" (2016), „Sofie die Schreckliche" (2017), „Paul der Tollpatsch" (2020), „Pierre der Quatschkopp" (2020) und „Maria die Klassenbeste" (2021) erschienen.

Nicht zuletzt kam ihr erster Roman „Bella Isabella" (2021) heraus. Außerdem ist Margit S. Schiwarth-Lochau Mitautorin im Buch ihrer Schwester, Dr. med. Ingrid Ursula Stockmann, „Wenn Verwandte über das Leben und die Liebe s(p)innen" (2011) und „Das kleine Schimpfwörterbuch für Autofahrer" (2012).

Margit Schiwarth-Lochau ist Mutter von drei erwachsenen Kindern und Großmutter. Gemeinsam mit ihrem Mann nahm sie Mitte der 90er Jahre einen 13jährigen Jungen als

Pflegekind in die Familie auf und begleitete ihn auf dem Weg ins Erwachsenenleben.

Marja Makuschewitz

Marja Makuschewitz, die Tochter von Margit Schiwarth-Lochau, hat für „Das kleine Schimpfwörterbuch für Autofahrer" und „Das vielseitige Schimpfwörterbuch für Nachbarn" einige Karikaturen sowie für „Marshmallows auf der Haut" Illustrationen gezeichnet. Sie ist eine gelernte, ideenreiche Floristin mit dem Talent zum Malen, Zeichnen und kreativen Gestalten. Marja Makuschewitz arbeitet als selbstständige Floristin unter dem Label „Rotkopf design".

Bernd Stockmann

Bernd Stockmann wurde 1973 in Halle an der Saale geboren. Er verbrachte seine Kindheit und Jugend im Paulusviertel, in Kröllwitz und in Halle-Ost. Er besuchte die OS Boleslaw-Bierut. In Buna schloss er seine Ausbildung zum FA für BMSR-Technik mit dem Abitur ab. 15 Monate leistete er seinen Dienst beim DRK-Bahnhofsdienst. Nach seinem Lehramtsstudium wechselte er zum Studiengang Sozialwesen. Seit 1993 arbeitete er im sozialen Bereich in einer psychotherapeutischen Arztpraxis. Im Dezember 2011 gestaltete er das erste Buch. Er arbeitete bereits an der Gestaltung von 13 Büchern, die von seiner Familie veröffentlicht wurden, bevor er im Dezember 2015 sein erstes eigenes Buch schrieb: „Siegfried & Sebastian - Zwei Spatzen pfeifen von den Dächern". Die Gestaltung weiterer Bücher folgte. 2019 gründete er den Stockwärter Verlag zuerst im Nebenerwerb. Es erschienen bereits 6 Bücher, bis er seit Ende 2020 den Stockwärter Verlag in selbständiger, hauptberuflicher Tätigkeit betreibt.

Inhaltsverzeichnis

260

Das kleine Schimpfwörterbuch für Autofahrer

mit 111 wüsten Beschimpfungen und allerlei beruhigendem Beiwerk

Ingrid Ursula Stockmann & Margit S. Schiwarth-Lochau

Das Schimpfen des Verlegers (Sohn und Neffe der Autorinnen) in stressigen Verkehrssituationen war der Ideengeber für das vorliegende Werk. Wieso eigentlich „Werk" bei dem „profanen" Titel? Natürlich, es „fußt" auf der Maledictologie, der Wissenschaft des Fluchens. Aber ganz so ernst sind die gereimten Begriffsdefinitionen, Reime, Autofahrergeschichten, Rätsel usw. nicht gemeint.

Zwecklos wäre, einen „Orden gegen die Untugend des Fluchens" beim Autofahrer gründen zu wollen, statt Schimpfwörter anzubieten. Ja, einen solchen „allgemeinen Anti-Fluch-Orden" gab es im 16. Jahrhundert in Sachsen-Weimar. Hat sich nicht gehalten. Klar, Fluchen ist nicht besonders anständig - aber menschlich. Also dürfen sich die Autorinnen und Schwestern, Dr. med. Ingrid Ursula Stockmann und Diplompädagogin Margit S. Schiwarth-Lochau, solch ein freches Wörterbuch mit noch frecheren Karikaturen, von denen beide selbst und Marja Makuschewitz (Nichte und Tochter) die Zeichnerinnen sind, durchaus erlauben. Und... das Buch scheint eine Stress abbauende Wirkung zu haben.